KB102414

보도영상실록

영상을 통해 기록되는 역사의 사실

보도영상실록

배완호 김원 한영광 전범수 지음

좋은땅

목
차

不動正史 부동정사
'흔들림 없는 바른 역사관'

記自回錄 기자회록
'기록자로서의 회고와 성찰'

서문 序文

꾸욱. 렉(rec) 버튼을 누릅니다. 양손은 재빠르게 렌즈로 향합니다. 뷰파인더에 묻은 오른쪽 눈동자가 이리저리 움직입니다. 장장 5시간 넘게 기다렸던 인물이 사각 프레임 안에 담기는 순간, 진지하게 줌인(Zoom in)을 해 봅니다. 초조한 그의 얼굴이 자그마한 흑백 화면에서도 잘 느껴집니다. 주 피사체였던 그가 기자 숲을 헤치며 승용차에 빠르게 올라탑니다. 창피한 듯 달아나는 승용차의 꼬리까지 카메라의 추격이 계속된 후에야 비로소 촬영이 끝납니다. 15초. 타임코드를 확인하니 정확히 15초가 찍혔습니다. 우리는 이 15초를 담기 위해 5시간이 넘는 시간 동안 추위와 싸웠습니다. 그간 미어캣처럼 작은 미동에도 신경이 곤두서 있어서인지 머리가 지끈거립니다. 그래도 뿌듯합니다. 뉴스에 들어갈 이슈메이커의 표정과 손짓, 목소리가 15초 안에 모두 담겨 있으니까요.

영상 기자의 평범한 일과를 소개해 보았습니다. 단 몇 초를 촬영하기 위해 우리는 열심히 뛰어다닙니다. 그 몇 초의 촬영분이 우리의 사는 사회를 변화시킬 수 있다고 믿으니까요. 우리가 촬영한 영상이 국민의 알 권리에 도움이 된다면 그보다 보람된 일을 없다고 생각합니다. 그래서 우리는 영상 기자라는 직업이 사랑스럽습니다. 역사의 현장을 묵묵히 영상으로 기록해 국민에게 전달하는 일은 마치 우리가 키다리아저씨가 된 환상까지 주었습니다. 국민이 우리는 잘 모르지만, 방송 뉴스는 잘 보고 있으니까요.

하지만 몇 년 전부터 이러한 행복감이 조금씩 사라져 가고 있습니다. 우리의 잘못이 가장 큰 이유라고 생각합니다. 언론은 국민의 신뢰를 잃어 가고 있습니다. 세월호 침몰사고의 보도, 각종 정·경·언 유착 사건들로 국민에게 실망을 주었습니다. 기자들은 '기레기'로 불리며 더 이상 정의로운 존재로 불리질 않습니다. 특히, ENG카메라를 어깨에 메고 현장을 지키는 영상 기자들은 지탄의 대상이 되기 더 쉬웠습니다. 방송사 로고를 붙인 큼지막한 카메라를 메고 다니니, 기자인 게 너무 쉽게 식별되었으니까요. 현장에서 험한 말을 하는 국민을 볼 때마다 가슴이 아팠습니다. 국민에게 들은 쓴소리들로 반성의 시간도 많아졌습니다.

'더욱 겸손하자. 팩트 확인에 신중에 신중을 기하자. 어려운 사람들을 위한 기자가 되자…….'

하지만 이러한 자기반성만으로는 예전처럼 행복하게 일하는 우리를 발견하기 힘들었습니다.

고민의 시간으로 점철된 시기…… 영상 기자 4명이 모였습니다.

"우리의 이야기를 해 보자!"

우리의 이야기에 진정성이 있다면 국민과의 신뢰 회복과 소통에 조금이나마 가까워질 수 있겠다는 생각이 들었습니다. 그리고 우리는 이야기의 방식에 있어, '카메라'가 아닌 '펜'을 선택했습니다. 글이 갖는 진솔함과 진중함이 우리에게 절실히 필요했습니다. 또 영상 기자도 글로써 국민과 소통할 수 있다는 점을 알리는 것도 '우리의 역할'이라고 믿습니다. 영상 취재에 있어 국민이 흥미롭게 느끼거나, 궁금한 내용을 활자로 보여 드릴 수 있다는 것은 색다른 방식의 알 권리 전달이라 생각합니다. 늦은 밤 책상 앞에서 영상 기자라는 사명감에 대해 고민하며 썼던 글의 흔적들만큼 값진 반성의 시간은 없을 것입니다.

2년에 걸친 우리의 글쓰기가 마무리됐습니다. 단 한 번의 흐트러짐 없이 글을 모아 왔습니다. 우리 스스로 대견하다고 느낀다는 건 그만큼 이 책의 출간에 대한 갈망이 컸다는 것을 의미합니다. 며칠 밤낮을 지새우며 촬영한 영상이나 귀한 줄 알았던 영상쟁이들에게 이번 출판 작업은 글이 주는 힘의 매력을 느낄 수 있었던 소중한 시간이었습니다.

이제 이 글을 마지막으로 우리는 다시 일상으로 돌아갑니다. 일상에는 우리가 사랑하는 가족과 동료들이 있습니다. 책이 나오기까지 진심으로 응원해 준 그들에게 감사함을 전합니다.

戰烈國記
전열국기

'싸움처럼 치열한 역사의 기록'

● REC

노란 봄날의 회상

— 어느 노란 봄날

때 이른 더위가 찾아왔던 4월 어느 날. 연일 날씨가 화창해 봄 스케치 겸 이른 더위를 촬영하기 위해 여의도로 출발했다. 생각보다 날씨가 더워 예쁜 봄꽃들보다 반팔 티셔츠의 시민들과 정자에서 부채질하시던 어르신들의 모습들이 나의 카메라에 더 많이 포착되고 있었다. 조금 이른 감이 있었지만, 아스팔트의 아지랑이 모습을 잡아 보자 생각하며 대로변으로 발걸음을 옮겼다. 아스팔트의 열기 때문인지, 이른 더위에 흘린 땀 때문인지 왠지 모를 짜증이 스멀스멀 올라오고 있을 때쯤 휴대폰을 울린 속보, 그리고 회사에서 온 긴급한 전화. 그렇게 화창하다 못해 더웠던 어느 봄날은 그렇게 시작되었다.

세월호 모습

세월호 참사가 발생하고 3주 후 팽목항으로 이동했다. 참사 당일의 간절함과 그 후 느껴졌던 허탈함이 어느 정도 가라앉은 상태였다. 생존자는 더 이상 나오지 않았고, 말로 형용할 수 없는 긴장감만이 팽목을 가득 메우고 있었다. 동기에게 현장 인수인계를 받고 조금의 실소도 할 수 없던 먹먹한 상황이었다. 무거운 마음에 처음 향한 곳은 팽목항 등대가 있던 장소였다. 간절한 마음으로 TV 화면에서만 봤던 그곳을 처음 본 순간, 내 눈에 들어온 건 빨간 등대와 노란 리본들이었다. 누가 먼저 시작했는지 기억에는 없지만 온 국민의 간절함으로 하나하나 묶은 노란 리본들은 등대가 가는 길목 양옆을 가득 메우고 있었다. 돌아올 거라는 희망들, 결코 잊지 않겠다는 다짐들이 노란 리본 하나하나에 쓰여 있었다. 어떤 누군가에게는 희망의 노란 리본이, 또 다른 누군가에게는 슬픔의 노란 리본이, 어느 가슴에는 차마 형언할 수 없는 절망의 노란 리본이 물결치고 있었다. 그 슬픈 노란 봄날이 흔들리고 있었다. 그렇게 내 기자 생활 첫 노란색이 내 기억 속에 자리 잡게 되었다.

— 노란 추억

가장 좋아하는 색이 무엇이냐는 질문을 받는다면 나는 한순간의 망설임도 없이 노란색이라고 답할 것이다. 휴대폰 케이스부터 내가 사용하는 자잘한 액세서리들을 고를 때 주저 없이 노란색을 고른다. 어느 순간부터 노란색을 좋아했는지는 또렷한 기억은 없지만 힘들었던 사춘기 시절을 잘 보낼 수 있게 해 줬던 고흐 때문일 것이다. 사춘기는 누구에게나 힘겨운 시간이다. 잔병치레가 유난히 심했던 사춘기 시절을 보냈던 필자 역시 누구보다 혹독한 사춘기 시절을 보냈다고 자부할 수 있다. 이런 사춘기 시절의 혼란함을 추슬러 준 건 고흐 관련 서적이었다. 우연히 서점에서 접한 고흐의 이야기는 흔들리던 나의 마음을 위로하기 충분했다. 많이 알려진 이야기지만 고흐는 자신이 살아 있을 때 인정받는 화가가 아니었다. 자신이 추구했던 독특한 예술성은 현시대가 아닌 다음 시대의 것이었고, 현재는 천재 화가라 칭송되는 그의 삶은 비참하기 그지없었다. 물감을 살 돈이 없어 동생에게 의지해야만 했던 그였지만, 끝까지 자신의 그림, 자신의 예술을 저버리고 살지 않았다. 그런 그의 모습을 보며 큰 영감을 받은 필자는 그 책을 사 들고 와서 몇 번이고 반복해 읽었다. 그 책 안에 있던 고흐의 수많은 작품들, 그 안에서도 기억에 가장 깊이 남겨져 있는 작품은 〈해바라기〉였다. 교과서를 통해 수도 없이 봤을 그 작품이 새롭게 보이기 시작했다. 강렬하게만 느껴졌던 해바라기, 마냥 밝게만 보였던 그 안의 노란색. 그러나 캠퍼스에 그려진 노란 해바라기는 막연히 밝지만도 희망적이지도 않았다. 노란빛 사이사이 느껴졌던 어두운 느낌들, 강렬한 해바라기 옆 잎들은 시들해 보이기까지 했다. 힘든 역경 속에서도 삶을 긍정해야 한다는 화가의 인생이 고스란히 다가왔다. 그렇게 밝으면서도 어둡고 희망적이면서도 처절한 노란색이 처음으로 다가왔던 것 같다.

고흐 〈해바라기〉

— 노란 슬픔

2009년 5월 23일 새벽. 친구들과 생일파티를 거하게 치른 다음 날이었다. 밤늦게까지 술을 진탕 마신 탓에 침대에서 하염없이 잠을 청하고 있을 무렵, 친구 한 명에게 전화가 왔다. 밤늦게 헤어진 터라 당연히 잘 들어갔냐는 전화일 것이라 생각하고 조금은 짜증 섞인 목소리로 전화를 받았다. "여보세요?"라는 말이 끝나기도 전에 조금은 울먹거리는 목소리로 전해진 소식. "노무현 죽었대……." 무슨 소리인지 가늠이 안 돼 잠결에 전원을 켠 TV 속에서는 '전 노무현 대통령 서거'라는 큼지막한 자막이 자리하고 있었다. 그리고 며칠 후, 노무현 대통령의 영결식이 이어졌다. 서거 속보로 가득했던 TV는 노란 물결이 넘실거리고 있었다. 노랑 풍선이 날아다녔고 그를 실은 운구 차량 앞에는 노란 종이비행기를 날리는 모습이 보였다. 왜 노란색인지, 왜 노란색을 보면서도 눈물이 나는지 형언할 수 없는 혼란의 순간이었다.

고 노무현 대통령 노제 모습 ⓒ 노무현재단

노무현이라는 인물을 알게 된 건 고등학교 시절 애독했던 〈인물과 사상〉이라는 잡지를 통해서였다. 정치인 노무현에 대한 평론을 읽는데, 정치에 문외한이었던 나로서는 신선한 충격으로 다가왔다. 계속되는 낙선에도 굴하지 않고 동서 화합이라는 꿈을 이루고자 했던 그의 도전 속에서 고흐의 모습을 보는 듯했다. 그 당시 노무현이라는 이름은 낯선

이름이었고, 대중적 인지도도 없었기 때문에 막연히 이런 사람이 대통령이 됐으면 좋겠다는 생각만을 했다. 그리고 몇 년이 흐르고 그는 노란 손수건을 흔들며 대한민국 대통령이 되었다. 그가 흔들었던 노란색은 사회에 첫발을 내디뎠던 청년 한 명에게는 희망이었다. 조금은 더 민주적인 사회를, 조금은 더 인간적인 나라를 만들어 줄 노란색이었다. 그래서 그 노란색을 보며 때로는 웃고, 때로는 울며 참여정부 5년을 행복하게 보냈던 것 같다. 그랬던 노란색이 슬픔으로 절망으로 시청 광장을 물들이고 있었던 것이다. 그렇게 희망과 슬픔 그리고 절망의 노란색이 가슴속에 새겨졌다.

— 그리고 또 노란 봄날

팽목항을 물들였던 노란 리본이 휘날리는 기억을 간직한 지 어느덧 3년의 시간이 지났다. 그동안 노란 리본은 누군가의 카메라에, 누군가의 가방에, 누군가의 가슴에서 꽃피우며 절망과 같던 현실을 비추는 작은 빛이 되었던 것 같다. 이제 그 3년의 시간이 지나 우리는 그 상처를 그리고 아픔을 잊지 말자고 말하고 있다. 안산 화랑유원지에서 열린 '세월호 3주기 기억식'에 나는 다시 카메라를 들고 향했다.

오랜만에 찾은 안산은 많이 차분해진 모습이었다. 희생자를 추모하는 플래카드도 정부를 규탄한다는 글귀들도 찾기 힘들었다. 흔하게 볼 수 있는 수도권 어느 작은 도시의 모습이었다. 그러나 변하지 않고 우리

팽목항의 노란 리본 물결 ⓒ 매일경제 김호영 기자

가슴에 새겨진 노란 리본이 있었다. 행사장에서 노란 리본을 나눠 주며, 노란 리본을 받으며, 우리는 무슨 생각을 했을까. 이제 그 노란색이 마냥 슬퍼 보이지만은 않았다. 다시는 이런 참사가 일어나지 않게 하겠다는 다짐으로, 아무리 슬퍼도 우리는 함께 이겨 낼 수 있다는 희망으로 느껴졌다. 안산 하늘 아래서 휘날리던 노란 리본이 더 이상 슬프지 않도록 말이다.

● REC

그 아줌마 목소리

2016년 10월 태블릿 PC 보도 이후 대한민국 국민이라면 한 번쯤 들어봤을 이름 그리고 절대 잊지 못할 이름 '최순실'. 최순실 국정 농단 사태는 대한민국 사회를 그로기 상태로 만들었다. 대중들은 사회에 대한 불신과 국가(정부)에 대해 분노했다. 대중의 분노를 일으킨 당사자였지만, 대중들은 '최. 순. 실.'이라는 이름 석 자만 알고 있었다. 어떤 생김새, 어떤 목소리를 가졌는지 아무도 몰랐다. 그 이후 과거에 찍힌 최순실의 사진이 미디어를 통해서 나왔고 그 이후엔 짧은 영상을 통해서 그녀의 얼굴을 볼 수 있었다. 하지만 그것만으로는 그녀에 대해 짐작만 할 수 있을 뿐이었다.

보도 사진과 보도 영상은, 사실을 있는 그대로 전달하는 것을 근본이념으로 하며, 주관적이거나 과장을 지양하는 것을 원칙으로 하는 것은 같다. 하지만 그 사실을 전달하는 방식에서는 차이점을 보인다. 보도 사진은 현장의 한순간을 한 장의 사진으로 전달을 하지만, 보도 영상은 대상의 일련의 움직임과 그 현장의 소리를 담아 전달한다. 특정 대상의 소리는 보도 사진의 여러 사진보다, 상황을 부연 설명하는 어떤 기사보다 강한 전달력을 가진다. 그래서 영상 기자들은 현장의 분위기와 내용을 전달하는 것에 있어서 영상과 함께 소리를 중요시한다. 유명 인사나 이슈에 중심되는 사람의 목소리는 시각적 정보보다 더 효과적으로 그 사람을 대중에게 설명할 수 있는 정보가 되기도 한다. 그러기에 지금껏 나온 사진과 영상으로는 최순실을 대중들에게 제대로 설명할 수 없었다. 시각 · 청각적 내용이 부족했다. 현재 최순실의 모습 그리고 특히 그녀의 목소리가 필요했다.

2016년 10월 31일, 대중들의 관심은 서울중앙지검으로 향했다. 최순실의 모습과 목소리를 들을 기회였기 때문이다. 취재진은 물론 대중도 최순실이 오는 것만을 기다렸다. 대다수 방송사는 그 현장을 생중계하기 위해 만반의 준비를 하는 상태였다. 최순실이 탄 차량이 도착하고 현장은 술렁술렁하기 시작했다. 그녀가 내리고 중앙지검으로 걸어오자 그 모습을 담기 위해 영상 기자들의 손놀림 또한 빠르게 움직이기 시작했다. 최순실의 목소리를 듣기 위해 그녀의 입에 모든 사람이 주목했다. 하지만 취재진과 최 씨 일행, 최 씨에게 항의하는 시민단체 회원 등이 뒤엉키면서 최 씨는 그냥 쓸려 가듯 들어가 버렸고 주위 소음으로 인해 그녀의 목소리를 아무도 제대로 듣지 못했다. 추후 가까이 있던 취재진에 의해서 "국민 여러분 용서해 주십시오. 죄송합니다."라는 말만 전달되었다. 대중들은 허탈했고 미디어들은 그녀의 행색, 모자와 옷, 신발 등의 모습만으로 그녀를 유추했다. 벗겨진 그녀의 프라다 신발을 통해 여러 이야기와 패러디만 만들어졌을 뿐이다. 최 씨는 무슨 이유로 그런 일을 했을까? 지금은 어떤 심정일까? 등에 대중들의 궁금증은 해결되지 못했다. 그녀의 이야기를 대중들은 듣지 못했다.

추후 그녀가 조사를 받으러 오는 모습을 먼 거리에서 찍힌 영상으로만 볼 수 있었고, 재판을 받는 과정에서도 재판장에 들어서는 모습만 볼 수 있었다. 대중들이 한껏 기대했던 청문회장에도 그녀는 불출석했다. 미디어에 노출되는 장소에서 최순실은 고개를 숙인 상태로 지나가거나 마스크를 쓴 채로 이동했다. 미디어도 그녀가 더 이상 말을 하지 않을 것이라 예상했다.

체포영장을 통해 특검에 조사를 받으러 오는 최순실의 외침

그랬던 그녀가 입을 열었다. 특검 출석을 계속 거부하던 그녀가 체포영장을 통해 2017년 1월 25일 오전, 조사를 받기 위해 특검으로 이끌려

왔다. 그녀는 도착하자마자 지금까지와 다르게 고개를 바로 세운 채로 크게 소리쳤다.

“더 이상 민주주의 특검이 아닙니다. 어린 손자까지 멸망시키겠다고 그러고 이 땅에서 죄를 짓고 못 살게 하겠다 그러고 자유민주주의 특검이 아닙니다. 박 대통령하고 모든 공동체임을 자백을 강요하고 있어요. 에잇, 너무 억울해요. 아기와 다 어린 손자까지 다 그렇게 하는 거는…….”

그녀가 소리치고 지나간 자리는 취재진의 탄식과 여러 반응이 자리 잡았다. “대박인데?”, “뭐지, 갑자기?” 등 평소와 다른 그녀의 외침에 여러 추측이 쏟아졌다. 현장에서 그녀가 걸어오는 모습을 담기 위해 자리를 지키고 있던 내 귀를 의심했다. ‘내가 지금 민주주의라는 단어를 들은 건가?’ 민주주의 가치를 해친 그녀 입에서 민주주의라는 단어가 나오자 민주주의가 뭔지 알고 하는 소리인가 하는 대중들의 반응 역시 쏟아졌다. 불과 몇 달 전에 국민에게 죄송하다고 기어 들어가는 목소리로 이야기하던 최순실이, 큰 목소리로 짧지 않은 시간 동안 앙칼지게 소리치는 모습은 대중들에게 충격과 울분을 일어나게 했다. 그녀가 어떤 의도로 그 이야기를 했는지는 본인에게 직접 이유를 듣지 못하는 한 확인을 할 수 없다. 하지만 최 씨가 조사받으러 걸어오며 소리치는 모습과 그 소리가 담긴 영상은 충분히 대중들에게 강한 메시지를 전달했다.

보도 영상의 구성요소를 통해 이번 사안을 비교해 보자면 시각적 정보보다 청각적 정보가 더 주요한 역할을 했다. 최순실의 목소리를 통해서 그녀의 현 심정을 들을 수 있었고 그녀의 음색과 말투를 통해서 그녀의 평소 성향을 짐작할 수 있었기 때문이다. 최 씨가 소리치는 순간에 근처에 있던 청소 아주머니가 “염병하네, 염병하네!”라며 크게 이야기하면서 '국민 사이다녀'라며 대중의 호응을 끌어내게 되었던 것도 보도 영상의 구성요소 중 청각적 요소 때문이었다.

최순실이 국정농단의 중심으로 언론에 등장하고서부터 미디어는 최 씨의 모습을 찾기 위해 노력했고, 그녀의 심정을 듣기를 원했다. 최 씨의 과거 사진부터 덴마크에서 공항으로 몰래 입국하는 모습, 호텔에서 변호인과 사전 모의를 하는 모습, 그녀가 검찰에 조사받으러 오면서 어떤 이야기를 할지 등 대중들이 궁금해하는 부분을 해소하기 위해 미디어들은 노력했다. 그리고 최순실이라는 사람이 어떤 사람인지를 미디어가 조금씩 내용을 채워 가며 최대한 적확히 대중들에게 전달하려고 노력했다. 그러한 가운데 특검으로 강제 소환되는 최순실의 목소리는 무슨 이유로 국정을 농단했는지에 대한 답변은 아니었지만, 지금 현 상황에서 본인이 어떤 심리 상태인지, 최순실이라는 사람이 어떤 사람인지를 대중에게 설명하기 위한 중요한 부분이었음은 틀림없다. 몇 장의 사진보다 "민주주의 특검이 아니다."라며 소리치는 최순실의 목소리가 그 현장을, 그 사람을 사실 그대로 전달하는 데 더 효과적이었다. 이런 부분이 보도 영상에서 소리를 중요하게 생각하는 이유이다. 최순실의 그 목소리는 아직도 대중들의 뇌리에 강렬하게 남아 있을 것이다.

REC

2017년 3월 10일 그날,
헌재 앞 사거리

탄핵 발표가 난 후 경찰 버스를 넘기 시작하는 군중들

“피청구인 대통령 박근혜를 파면한다.”

헌법재판관들의 주문으로 헌정사상 처음으로 현 대통령이 탄핵당했다. 나는 그 주문을 듣지 못했다. 그 대신 내 눈앞에 보이는 한 군중들의 모습을 보고 그 사실을 알았다. 그들의 모습은 한 마리의 생물체 같았다. 감정의 변화는 변화무쌍했고 그 모습에 난 위협감을 느꼈다.

2017년 3월 10일 이른 아침, 헌법재판소에서 200미터가량 떨어져 있는 안국역 사거리 앞, 박근혜 대통령을 지지하는 사람들이 모인 곳, 그 건너편 건물에 나는 올라가 있었다. ‘탄핵 기각’, ‘국회 해산’이라며 소리치는 군중은 얼핏 보면 2002년 월드컵 응원 당시 모습을 연상시켰다. 태극기를 흔들고 소리치는 모습은 흡사 애국심으로 가득 찬 대한민국 응원단의 모습이었다. 하지만 이들은 박근혜 대통령을 지지하는 단체들이었고, 대부분 나이가 지긋하신 어르신들이었다. 이 나라 산업화에 일꾼이었고, 대한민국의 경제성장을 직접 겪은 세대들, 그들이 모여 있었다. 대한민국은 내가 만든 나라이고, 박근혜 대통령 또한 내가 만든 대통령이었다. 이들에게 대통령의 탄핵 위기는 대한민국의 위기였고, 나라를 전복시키려는 자들의 역모였다. 그 역모의 한 축이 언론사들이라 그들은 생각했다.

대통령 박근혜의 탄핵판결문이 발표될 시각이 되자 안국역 사거리는 곧 터질 활화산처럼 변했다. 스피커를 통해 들려온 주최 측의 목소리에는 결의가 가득했고 그 소리에 맞춰 군중은 꿈틀대기 시작했다. 그랬던 그곳이 일순간 하늘에서 빗물이 왈칵 쏟아져 내린 듯 순식간에 고요해졌다. 이내 나는 느꼈다. ‘대통령 박근혜가 탄핵되었구나!’ 군중의 고요함은 오래가지 않았다. “헌재로 진격하라!”, “차 벽을 부숴 버려라!” 등

군중을 자극하는 말들이 쏟아졌고, 이내 흥분한 사람들이 경찰차 벽에 오르고 앞으로 밀어붙이기 시작했다. 이내 기자들 사이로 사람 한 명이 죽었다는 소리까지 들려왔다. 경찰들에게 쏟아 내던 공격적 행동은 그들을 취재하던 기자들로 옮겨졌다. 사다리로 취재진을 때리거나 카메라를 밀치기 시작했고 주먹으로 취재진을 가격하는 사람까지 나오기 시작했다. 그들에게 취재진은 적이자 공격의 대상이었다.

헌재로 행진하려는 군중과 그것을 막는 경찰들

흥분한 군중들로 인해 신변의 위협이 가해지는 상황이 펼쳐졌다. 하지만 취재진은 그 자리를 떠나지 않았다. 그리고 그곳에서 계속 취재를 이어 갔다. 그 이유는 무엇일까? 무엇을 담아 전달하려고 한 것일까? 나 또한 내가 있던 건물 앞까지 진출한 박사모 단체의 사람들로 인해서 출입이 가로막히고 온갖 욕설을 들어야 했다. 그런 어려움 속에서도 내가 그곳에 남아 있었던 이유는 이 현장의 상황을 국민에게 제대로 알릴 의무가 있기 때문이었다. 언론은 국민이 꼭 알 필요가 있다고 판단되는 공적 정보를 국민을 대신해 수집하고 이를 보도해 국민이 알게 해야 한다. 또한, 국민이 균형적인 시각을 가질 수 있게끔, 가치판단을 올바르게 할 수 있게끔 도와줘야 한다, 그래서 환호받는 촛불집회만 취재하는 것 아니라 비난받는 태극기집회도 어려움 속에서 취재하는 것이다.

"쓰레기 언론 나가라!", "종북 언론!"이라고 소리치며 취재진에게 위협을 가했던 박근혜 대통령 지지자들. 왜 그들은 언론을 적으로 생각할까? 언론의 책무를 다하려고 노력하는 취재진이었지만 그들에게 갖은 비난을 받았다. 그 이유는 균형적인 보도에 대한 인식 차이 때문이다. 언론에서 추구하는 균형적인 보도는 기계적이고 정량적인 균형이 아니다. 한쪽을 이 정도 보도했으니 반대쪽도 이 정도로 보도해야 한다는 기계적 균형은 선거를 앞둔 정치 이슈에만 해당하는 사안이다. 언론에서 추구하는 균형 보도는 휘어진 도로를 이동하는 자전거가 넘어지지 않게 균형을 잡는 것과 같은 이치이다. 곧은 도로에서는 곧게 이동을 하지만 휘어진 도로에서는 자전거를 조금 기울여 균형을 맞춰야 넘어지지 않는다. 최순실의 전방위적 국정농단의 증거들이 나오고 있는 상황에서 탄핵 사유가 될 만한 사실의 기사들과 그 반대가 될 만한 사실의 기사들을 정량적으로 균형을 맞춰 내보내는 것이 오히려 휘어진 도로에서 자전거를 직진으로 이동시키는 것이고, 그것이 오히려 진실을 축소하고 사실을 왜곡하는 것이다. 진실의 방향이 가리키는 대로 균형

박근혜 전 대통령 지지자들을 인터뷰하는 모습

을 맞추어 가며 방향을 틀어 주어야 자전거가 넘어지지 않는다.

헌정사상 처음으로 현 대통령이 파면되었다. 그 과정에서 주요한 역할을 한 것이 언론이었음은 맞다. 박근혜 대통령을 지지하는 사람들에게 있어서 언론이 탐탁지 않게 보였을 것이다. 하지만 진실을 알고도 보도하지 않는 것은 거짓 보도를 하는 것과 같고 올바른 방향으로 흘러가고 있음에도 기계적 중립을 이유로 방향을 트는 것은 왜곡 보도를 하는 것과 마찬가지인 것이다. 취재진이 위협을 받는 상황이라서 보도를 포기하고 도망가는 것은 언론의 직무유기인 것이다. 그래서 기자들은 어떤 상황 속에서도 사실을 있는 그대로 전달하려고 진실을 밝혀내려고 꿋꿋이 그 자리를 지키려 한다. 그것이 기자들이 국민을 대신해 알 권리 지키는 방법이고, 국민이 언론에 부여한 책무이다.

● REC

연평도 포격 사건을 기억하며

'어디라도 뽑아 줘야 글 쓸 맛이라도 생기는데…….'

쓰고 지우고, 쓰고 지우고…… 머리를 쥐어짜 보지만 한 문장도 완성하기 벅찼다. 지루하고 힘들었던 논술 공부. 2010년 3월, 나는 기자 지망생으로서 희망과 좌절 사이를 오가며 논술 공부만을 붙잡고 있었다. 1년 넘게 지상파 방송국의 공채 소식도 없었던 시기. 밀려드는 불안감에 매너리즘까지 찾아왔다. 굵직한 사회 이슈는 대부분 매만졌던 터라 새로운 주제를 찾기도 어려웠다.

조금은 무료했던 시기, 갑자기 대한민국은 충격에 빠졌다. 백령도 해상에서 대한민국 해군의 천안함이 북한의 어뢰 공격으로 침몰했다는 것이다. TV 방송들은 속보 체계에 들어갔다. 영상 기자들은 백령도에 투입되어 방송 뉴스에 힘을 보탰다. 나 역시 어깨에 힘이 들어가기 시작했다. 기자 지망생에 불과했지만 '천안함 피격 사건에서의 기자 역할' 이라는 주제로 논술을 썼다. 기자 개인의 생명보단 국민의 알 권리를 위해 전시 지역을 용감하게 뛰어다니겠다는 포부였다. 논술 공부를 꾸준히 한 결과일까. 나는 4개월 후, 진짜 기자가 되었다. 그리고 4개월이 더 흐른 뒤, 대한민국은 거짓말같이 다시 한번 북한의 포격으로 아수라장이 되었다.

바로 연평도 포격 사건.

나는 이제 한반도의 재앙을 시청자에게 전달해야 하는 영상 기자의 입장이 되었다. 연평도에 들어가 취재하라는 지시를 받았을 때는 만감이 교차했다. 불과 몇 개월 전, 전시 현장에서의 영상 기자 역할을 휘황찬란하게 논술로 밝혔던 게 떠올랐다. 글에서는 용감한 전사의 모습이었지만 현실에서는 어떻게 취재해야 감이 없는 훈련병이었다. 풋내기의 글이 현실에 투영될 리 만무했다. 오로지 카메라를 무기로 현실과 마주해야 했다. 그렇게 나는 연평도의 그날들을 서툴게 카메라로 적어 나가기 시작했다.

포격을 맞은 연평도는 들어가는 것부터 난관이었다. 여객선은 포격과 동시에 멈춰 섰다. 하지만 연평도에 상륙하기 위한 기자들의 노력은 계속됐다. 기자들은 소방대원들이나 구급요원들 틈에 섞여 연평도 진입을 시도했다. 자체적으로 선박을 구해 보려고 뛰어다니기도 했다. 이러한 모든 노력은 군의 철저한 반대로 모두 무산됐다. 예외는 존재했다. 사건 당일 늦은 오후, 한겨레 신문사의 사진 기자는 연평도에 오를 수 있었다. 구호지원선에 올라타서 말 그대로 '밀항'에 성공한 것이다.

연평도 포격 사건

이 사진 기자는 포격 사건의 참상을 가장 빨리 알리는 데 성공했다. 덕분에 기자상을 받는 명예도 얻었다. 그의 밀항 방식이 '옳다/그르다'를 떠나 치열한 취재 경쟁 속에서 가장 먼저 소식을 전했다는 것 자체는 나에게 부러움의 대상이었다.

사건 발생 이틀이 지나 여객선 운행이 재개돼 MBN을 비롯한 언론사들이 현지 취재 활동을 본격화했다. 하지만 군이 포격 현장을 대부분 정리해 놓은 상황이었다. 취재의 골든타임을 놓친 후였다. 그렇다고 넋 놓고 있을 수만은 없었다. 아수라장이 된 민가와 마을 주변을 취재했다. 가정집에 들어가 보니 식탁에 된장찌개와 한 움큼 파인 밥, 그리고 수저가 올려져 있는 모습이 그대로 보존(?)되어 있었다. 얼마나 다급히 대피하려고 했는지 눈에 선했다. 전쟁이라는 재앙이 주는 모습은 보통 피나 총탄이 동반되기 때문에 공포스럽다. 하지만, 미처 다 먹지 못한 밥상이 주는 공포는 또 다른 공포였다. 당시 상황을 상상하게 만들어 계속 생각나게 했다.

마을 주민 대부분이 뭍으로 떠나 마을의 길은 황량하기만 했다. 주인 잃은 개들만이 뛰어놀 뿐, '언제 사람이 살긴 살았나?' 하는 착각이 들 정도였다.

북한의 2차 포격이 예상되는 시점이 다가왔다. 2차 포격 실현 가능성은 낮았지만, 북한은 늘 예측이 안 되는 상대였기에 연평도의 긴장감은 높아져 갔다. 대피소는 바빠졌다. 대피소에서는 몇 명 남지 않는 마을 주민들을 대상으로 대피 훈련이 한창이었다. 대피소 내부는 이글루의 안과 닮아 있었다, 아치형의 지붕은 이글루가 그런 것처럼 포근함을 안겨 주었다. 이글루가 밖의 추위를 막아 주듯 대피소는 포탄으로부터 주민들을 지켜 줄 것이다.

연평도 포격 사건 MBN 뉴스 속보 방송 갈무리

연평도 포격 사건이 발생하고 약 1주일 지난 뒤, 언론사 풀단은 북한이 공격했던 현장을 취재할 수 있었다. 국민에게 처음 공개되는 현장이었던 만큼 풀단 영상 기자들은 긴장감이 역력했다. 영상 기자들은 이른바 '편집이 필요 없는 촬영'을 한 뒤, 기민하게 중계차로 영상을 송출했다. 중계차 데크에 재생된 영상은 방송국에 보내지는 동시에 각 가정의 TV에 그대로 방송됐다. 특별히 편집을 거치지 않아도 영상 기자의 촬영 원본이 시청자들에게 제공된 것이다. 영상 기자의 전문성이 발현된 순간이었다.

아쉬운 점은 다른 곳에서 튀어 나왔다. 군(軍)이 왜 일주일이 지난 시점이 돼서야 현장을 공개했냐는 것이었다. 포격 사건 직후, 군은 계속해서 언론을 통제하려고 했다. 사건 발생 초기에는 배 자체를 통제해 초기 취재에 어려움을 겪게 했다. 그리고 1주일이 지난 시점이 돼서야 현장을 공개한 것이다. 현장을 자신들의 입맛대로 정리한 뒤에야 국민들에게 보여 주겠다는 의도였다. 이는 천안함 침몰 원인이 엇갈리는 상황까지 맞물리면서 군에 대한 국민의 불신이 증폭되는 결과로 이어졌다. 물론, 군은 만일의 사태를 대비해야만 하고, 기자들은 국민들의 알 권리를 충족시켜야 한다는 점은 선천적으로 상충한다. 하지만 위협이 바로 보이지 않는다고 한다면, 기자들 본인에게 선택권을 주어야 한다. 당시 영상 기자들은 선제적으로 연평도에 오디오맨과 동행하지 않았다. 오디오맨은 혹시나 있을 전시 상황 취재에 책임과 의무를 져야 할 필요가 없기 때문이다. 우리는 자발적으로 최악의 상황에 대비하고 있었다. 군이 무언가를 은폐하는 것이 아니라면 기자들에게 최소한의 알 권리는 보장해야 했다.

역시 이론보다는 실전이다. 지망생 시절, 기자라는 직업을 바라보며 '내가 만약……'이라는 글로 아무리 장고의 시간을 보낸다 해도 실전에서의 경험에 비할 수 없다. 수습기자 시절 겪었던 연평도 포격 사건은 나에게 큰 자양분이 되었다. 취재를 마친 후 밤하늘을 올려다보며 내가 이 현장에서 기자로서 있음이 정말 감사했다. 회사 영상 기자 선배 바로 옆에서 졸졸 따라다니며 취재의 기본을 다질 수 있었던 것 역시 귀중한 시간이었다.

'전쟁 취재에 목숨 걸 가치가 있느냐?'라는 것이 서구 언론을 중심으로 나오는 전쟁 취재의 회의론이다. 어이없는 죽음이 많다는 것이다. 하지만 전쟁을 소상히 알릴 수 없게 된다는 것이 더 어이없는 것이 아닌가. 전쟁은 인류의 가장 큰 적이자, 비극이다. 전 세계의 사람들이 전쟁 소식을 알아야 한다. 전쟁의 참혹성을 알아야 이를 미연에 방지할 제어 장치를 마련할 수 있다.

다행히 '기자 지망생 시절의 나'와 '지금의 나'는 서로 통하는 부분이 있다. 논술 공부에 썼었던 문장 하나를 소개하려 한다. 그때와 마찬가지로 글의 마지막 문장으로 정했다.

'북한의 만행이 다시 자행되더라도 영상 기자는 늘 국민의 눈이 되어 선봉에 서 있을 것이다.'

● REC

아이들의 꿈을 잡아간 무허가 해병대 캠프

2013년 여름, 충남 태안의 사설 해병대 캠프에 공주사대부고 학생들 198명이 3일간의 일정으로 참가 중이었다. 하늘이 붉게 물들기 시작한 초저녁이었다. 교관의 지시에 따라 학생 20여 명이 바다에 들어갔다. 서로를 의지한 채 교관의 지시에 따라 먼바다 쪽으로 한 걸음씩 발을 떼었다. 바닷물이 어느새 학생들의 허리춤까지 올랐다. 붉은 해병대 모자를 쓴 교관은 더욱 거칠게 학생들을 독려했다. 선두에서 앞서 바다에 들어간 학생들의 모습이 시야에서 사라졌다. 갯골이었다. 구명조끼도 없는 상태에서 속수무책으로 파도에 휩쓸렸다. 겁에 질린 아이들이 허우적댔다. 사태를 파악한 교관들이 뒤늦게 아이들을 건져 내기 시작했다. 다섯 명이 보이지 않았다.

늦은 밤 휴대전화가 요란하게 울렸다. 데스크의 다급한 전화였다. 무얼 넣었는지도 모르고 급하게 챙긴 출장 짐을 짊어지고 태안으로 출발했다. 내려가는 동안 해안경비대, 소방서 긴급구조대와 통화하며 상황을 파악했다. '아이들에게 큰일이 벌어졌구나.' 직감할 수 있었다. 도착한 현장에는 헬기와 각종 수색 장비를 동원한 수색작업이 한창이었다. 실종자 학부모들은 발을 구르며 바다를 원망하고 있었다. 아이들이 무사히 돌아왔으면 하는 마음은 취재진이나 수색 작업을 하는 구조대원들, 그리고 가족들까지 모두가 한마음이었다. 실종 12시간 만인 오전 6시 50분경 모두의 염원과는 달리 학생 두 명의 시신이 물속에서 발견됐다. 간조로 바닷물이 많이 빠진 상태에서 뭍에서 불과 6~7m 지점에서 나란히 발견됐다. 실종자 시신이 발견됐다는 해경의 무전과 함께 구급차와 취재진이 일제히 모래사장을 달리기 시작했다. 시신은 하얀 천에 덮인 채 뭍을 밟았다. 물에 불은 시신의 발이 언뜻 보였다. 지켜보던 부모는 자신의 아들임을 직관했다. 구급차로 옮겨 가는 시신을 붙잡고 백사장 한복판에서 오열했다. 학교에서 주최하고 꽤 큰 단체에서 운영하는 해병대 캠프라 했다. 교사들도 동행하고 학생들도 여럿이 가는 터라 안심하고 자식을 맡겼다. 건강하고 맑던 아이가 12시간 만에 차가운 주검으로 돌아왔다. 집에서 정성스레 입혀 준 옷 그대로, 아이는 고통에 몸부림치다 주먹을 굳게 쥔 채 부모 곁으로 돌아왔다. 모래사장을 50m 가까이 가로질러 시신은 구급차에 실렸고 병원으로 향했다. 카메라를 든 채 모래사장을 정신없이 전력 질주로 가로지르며 취재를 했다. 숨은 차지 않았다. 심장이 두근거리고 진정이 되지 않았다. 그렇게 순식간에 두 명을 보냈다. 시신이 뭍에서 아주 가까운 위치에서 발견되자 현장의 분위기는 그야말로 참담했다. 남은 부모들도 혼절하며 주저앉거나 쓰러졌다. 오후가 되고 추가로 수색대원과 자원봉사자들까지 합쳐져 일대를 수색하기 시작했다. 모래사장 인근부터 인간 띠를 만들어 훑어가며 아이들을 찾았다. 나는 자원봉사로 참여한 잠수부들과 함께 배를 타고 나가 근해 수색을 취재했다. 햇볕이 따가웠다. 잠시도 긴장을 늦출 수 없었다.

태안 무허가 해병대캠프, 보트 위에서 수색 상황을 취재하는 필자

오후 5시경, 이번에는 깊은 바다 쪽에 있던 해경 보트로부터 손짓이 왔다. 실종 24시간 만이었다. 5분 간격으로 나란히 두 명의 학생이 발견됐다. 유족들이 옷이 물에 젖는 줄도 모르고 바닷물 속으로 뛰어 들어갔다. 취재진도 함께 들어갔다. 부모는 이내 자신의 자식인 것을 확인하고는 그대로 주저앉았다. 유족들은 구르며 오열했다. 나는 왼쪽 눈을 질끈 감고 뷰파인더 속으로 오른쪽 눈을 파묻었다. 괴로운 취재가

이어졌다. 아이들을 실은 구급차가 또다시 병원으로 향했다. 그로부터 2시간 뒤 이병학(17) 군이 친구들을 따라 뭍으로 나왔다. 실종된 지 하루 만에 해병대 캠프 바로 앞바다에서 5명의 학생들이 모두 싸늘한 주검으로 돌아왔다.

해병대 캠프 교관들의 자격 문제와 교사들의 사건 당시 행적, 아이들은 왜 당시에 구명조끼를 입지 않았나에 대한 취재가 이어졌다. 전문 자격증이 없는 사설 캠프 교관들은 심지어 아르바이트생까지 끼어 있었다. 경험과 교육이 부족한 교관들에게 아이들의 목숨이 맡겨진 것이다. 취재가 진행될수록 해병대 캠프의 문제점은 낱낱이 드러났다. 아이들을 곁에서 보살폈어야 할 교사들은 그 시간에 회식 중이었다. 주변 주민들은 사고가 발생한 그 해안가는 물살이 강하기로 유명하여 그곳에 사설 해병대 캠프 시설이 들어오는 것을 반대했었다고 증언했다. 인재였다.

7월의 내리쬐는 태양이 몸을 달궜다. 아이들은 어른들을 믿었을 것이다. 해병대 출신이라는 교관들의 외모는 참으로 믿음직스러웠을 것이다. 어른들이 지켜보는 가운데 아이들은 두려움 없이 바닷물에 뛰어들었을 것이다. 시커먼 바다는 아무런 준비도 없이 뛰어든 아이들을 그대로 삼켰다. 무책임한 어른들의 탓이다. 허망하게 자식을 잃은 유족들이 모래사장에서 그 슬픔에 몸부림친다. 이들의 모습을 카메라에 담는 일은 고통스럽다. 다시는 같은 일이 재발하지 않길 바라며, 보는 모두의 가슴속에 새기기 위한 기록이다. 그러나 영상 기자에겐 너무나 가혹하고 힘든 시간이다. 뷰파인더로 보이는 피사체가 자꾸만 흐려졌다. 질끈 감은 반대편 눈에 한없이 눈물이 맺혔다. 현장의 기록은 그렇게 가슴 깊이 새겨지고 있었다.

• REC

메르스……
그 잔인했던 여름

중증급성호흡기증후군인 사스-코로나 바이러스(SARS coronavirus, SARS-CoV)가 발병한 것은 2002년 11월. 인간의 호흡기를 침범하여 발생하는 질병으로 무려, 8,096명의 감염자가 발생하고 774명이 사망하였다. 사스의 원인 바이러스가 전파되는 경로는 아직 완전히 밝혀지지 않았지만 대기 중에 떠다니는 고체나 액체의 미세한 입자에 의해 전파되는 것으로 추측하고 있다.

그로부터 10년 후인 2012년, 역시 명확한 감염원과 감염 경로는 확인되지 않았으나, 중동 지역의 낙타와의 접촉을 통해 감염될 가능성이 높다고 보고되는 '중증호흡기증후군', 이른바 '메르스'가 마침내 상륙한다. 2015년 중동 지역을 여행하고 돌아온 68세 남자에 의해 국내에 전파된 것이다.

메르스는 밀접접촉(확진 또는 의심 환자를 돌본 사람(의료인, 가족 포함), 환자 및 의심 환자가 증상이 있는 동안 동일한 장소에 머문 사람)을 통해 확진된다. 비말감염, 즉 환자의 침이나 체액을 통해 감염된다. 최초 보균자를 통해 접촉한 의사와 간병인들을 통해 메르스는 주변으로 빠르게 퍼져 나갔다. 엎친 데 덮친 격으로 정부의 안일한 초동대처까지 더해져 나라 전체는 병들어 갔다.

정부는 더 이상의 확진을 막기 위해 '자가 격리'라는 카드를 꺼내 들었다. 기하급수적으로 늘어나는 수천 명의 의심 환자들이 자가 격리 조치를 받았지만, 그들의 관리 소홀 문제가 제기됐다. 스스로 진단하고 감염되지 않았다고 여기는 일부 자가 격리자들이 평소처럼 거리를 활보하고 다녔다.

자가 격리 통보를 받고 집에서 격리 관리를 받던 한 60대 여성이 질병관리본부의 허술한 시스템을 비웃기라도 하듯, 휴대전화를 꺼 놓고 어느 날 자취를 감췄다. 규정된 2주간의 격리 기간을 무시한 채 미리 약속을 잡아 놓은 골프를 즐기기 위해 지방에 내려갔다. 사건이 언론에 알려지자 시민들은 공포에 떨어야만 했다. 정부의 허술한 통제를 틈타 얼마나 많은 의심 환자들이 거리를 활보하고 있는지

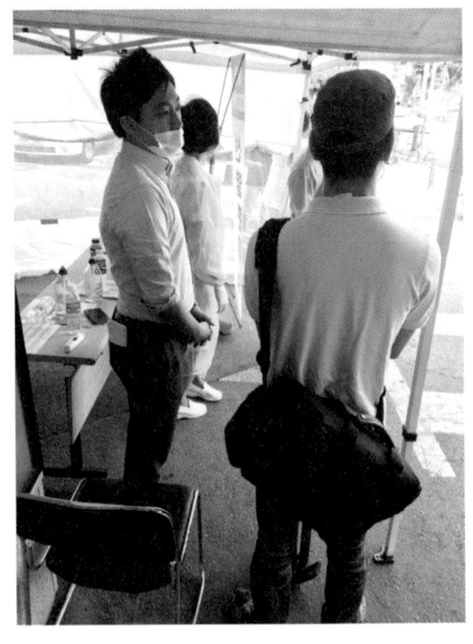

메르스 확진 지역을 취재하는 취재진

모를 노릇이었다.

우리는 그 여성을 만나기 위해 주거지를 수소문하기 시작했다. 의심환자가 같은 아파트 단지 내에 있다는 사실만으로 주민들이 크게 동요할 수도 있다는 우려 때문에 취재는 더욱 조심스러웠다. 찌는 듯한 태양 아래, 숨조차 쉽게 쉴 수 없는 두꺼운 마스크와 장갑 등으로 중무장을 했다. 부장으로부터 몇 번의 전화가 왔다. '환자와 절대 접촉 금지'. 사내에서도 몇 번이고 교육을 받고, 관련 기사도 많이 읽었다. 밀접접촉만으로 전염된다고 하지만 전염병이라는 막연한 두려움이 다리를 끌었다. 한편으로는 환자가 사는 곳을 차라리 못 찾았으면 하는 마음마저 생겼다. 전날 터져 나온 언론 보도의 영향 때문인지 해당 지자체에서도 그 여성의 관리와 감시가 더 심해져 있었다. 결국 정오가 다 되어서야 여성의 집을 찾아낼 수 있었다. 계단을 오르는 다리가 무거웠다. 마침내 현관 앞에 섰다. 일반적으로 자가 격리자는 문밖으로 나올 수 없다는 판단하에 우리는 현관을 사이에 두고 인터폰으로 인터뷰를 시도하기로 했다. 떨리는 손을 부여잡고 초인종을 눌렀다. 인터폰 스피커 사이로 카랑카랑한 여성의 목소리가 들렸다. "누구세요?" 우리는 자초지종을 설명하고 인터뷰 여부를 물었다. 흥분한 여성이 자기 얘기를 털어놓기 시작했다. 우리는 자각 격리자의 신분이 된 경유와 격리를 받는 동안에 그 여성이 받은 조치, 그리고 도대체 왜 그 격리 기간에 골프 여행을 감행했는지에 관해 묻기 시작했다.

그녀는 두꺼운 현관 철문 너머로, 메르스 감염자가 치료를 받았던 병원에 방문했던 사실, 격리 관리를 받았던 내용 등에 대해 상기된 목소리로 답했다. 자가 격리 신분으로 외출을 했다는 일이 사회적으로 큰 물의를 일으킬 수 있다는 생각은 하지 않았냐고 질문을 던졌다. 철문 너머에선 10초간 정적이 흘렀다.

'철컹' 하는 소리와 함께 굳게 닫혀 있던 현관이 갑자기 30센티가량 열렸다. 현관에 기댄 채 마이크로 녹취를 하던 우리는 너무 놀라 뒷걸음질쳤다. 그대로 얼어 버렸다. 피할 틈조차 없었다. 분을 삭이지 못한 여성은 문틈 사이로 소리를 질러 댔다. "자가 격리 조치를 받은 지 이제 2주가 다 되어 가지만 내 몸에 발열이나 기타 아무런 증상이 없다. 난 메르스 환자가 아니다. 날 환자 취급하지 마라. 그 병원에 방문하기 훨씬 전부터 잡아 놓은 골프 약속이라 어쩔 수가 없었다."라고. 조용한 복도가 쩌렁쩌렁 울렸다. 국민의 위생과 건강 따위는 안중에도 없는 이 여성의 생생한 변명을 무선마이크는 가감 없이 주워 담았다. 마이크에 침이 튈 정도로 열변을 토했다.

통제할 수 없이 퍼져 나가는 전염병 때문에 경제, 정치, 산업의 전반에 걸쳐 온통 쑥대밭이 됐다. 카메라로 수음되는 그녀의 변명은 어이없음을 넘어 상실감마저 들게 했다.

한동안 그녀의 변이 이어졌다. "골프장은 ○○지방에 있고, 우리는 다 같이 고속버스 2대에 나누어 타고 내려갔어요. 몇 번의 라운딩을 다 같이 하고 식사도 하고 올라왔어요."

마이크를 타고 선명하게 전해져 오는 말들에 나는 귀를 의심할 수밖에 없었다. 온몸에 소름이 돋고 식은땀이 흘렀다. 국가에서 내린 자가 격리라는 자체에 대한 이해가 전혀 없었다. 밀접접촉 전염병 보균의심자로서 하지 말아야 할 행동들을 망각한 채, 그 짧은 기간 동안 버스를 타고 전국을 활보하고 다녔던 것이다. 버스에 동승했던 사람들, 같이 골프를 즐긴 사람들을 찾는 것이 시급했다.

한참을 분을 토한 여성은 현관을 쾅 닫고 안으로 들어가 버렸다. 끔찍한 취재는 여기서 마무리됐다. 카메라를 쥐고 있던 손이 땀으로 젖어 있었다. 우리는 사전에 마스크와 장갑 등 철저한 보호장구를 갖추고 인터뷰에 임했지만, 흥분해 문을 열고 문틈으로 우리에게 열변을 토한 그 자가 격리 여성 덕분에 보건소로 직행했다. 각종 검사를 받고 회사에서도 자가 격리자와 접촉했다는 이유로 출근 금지, 자가 격리 처분을 받았다.

인터뷰를 하는 이가 절대 문밖으로는 나오지 않을 것이라는 안일한 생각과 어찌 보면 무리한 취재였을지 모를 일들에 대한 벌이라고 생각하고 집에서 2주간 꼼짝없이 자숙했다.

최전방에서 아주 용감하게 그리고 생생하게 흥분한 메르스 의심 환자의 처절한 발언에 쏟아지는 침을 맞아 가며 낱낱이 증언을 담아 준 마이크는, 씁쓸한 소독제와 함께 뜨거운 직사광선 아래 소독됐다.

메르스 환자들이 치료를 받고 있던 삼성서울병원 앞 취재

2015년 5월부터 7월까지 약 두 달간 38명의 사망자와 186명의 확진 환자가 발생했다. 무려 1만 6,693명이 격리됐다. 이로 인한 국내총생산 손실액이 10조 원에 이르는 대형 참사였다. 자가 격리는 메르스의 확산을 막기 위한 정부의 최후의 방어책이었다. 개인의 판단으로 간단하게 무시될 수 없는 지침이었다.

그 현관에 다다랐을 때 부모님과 아내의 얼굴이 떠올랐다. 이를 악물었다. 이런 사태는 한 번으로 충분하다. 또 발생할지 모르는 안전의식 없는 자가 격리자들이 꼭 알아야 할 사건이었다. 마이크는 그 모든 것을 누구보다 용감하게 가장 앞장서서 담아 주었다. 온몸에 메르스균을 뒤집어쓰는지도 모른 채 말이다.

우린 자주 이런 현장에 맞닥뜨린다. 사회의 안녕과 국민의 권익을 위해 가장 위험한 곳에 서야만 하는 일이 잦다. 나와 함께 내 손에 들린 마이크는 이런 현장의 소리를 고스란히 담는다. 어떠한 두려움에 주저함도 없이. 물러서지 않고 당당하게 진실된 소리를 들려준다.

인류는 과거 패스트, 사스와 같은 치명적이고 지독한 몇 번의 전염병과 힘겹게 싸워 이겨 냈다. 이런 경험들로부터 공중보건은 물론, 인간 사회의 배려와 도덕 그리고 생명의 존엄성에 대해 뼈저리게 느끼고 배워 왔다. 메르스에 대한 뚜렷한 항바이러스제는 아직 발견되지 않았다. 주변 사회에 대한 믿음과 신뢰 그리고 철저한 배려와 도덕이 이 무서운 전염병의 항체가 아닌가 생각한다.

● REC

뜨거운 태양 아래 평화를 취재하다

6월 6일 새벽 비행기에 몸을 싣는다. 싱가포르에서 개최되는 세기의 만남이라 칭해지던 북미정상회담을 취재하기 위해서였다. 트럼프 미국 대통령이 한 차례 보이콧을 선언한 다음이라 모든 것이 불투명한 상황이었다. 이번에는 정말 열리는 건지, 회담의 결과는 어떨지 모든 것이 안갯속이었다. 비행기를 탑승하기 전, 나의 휴대폰은 바삐 돌아가고 있었다. 외신들과 국내 언론들이 쏟아 내고 있는 정보들을 체크하며 6시간이라는 조금은 긴 비행 후 취재를 계획해야 했기 때문이다. 모든 것이 불안했고, 막막했던 취재가 이렇게 시작되고 있었다.

싱가포르를 향한 비행기는 그날따라 유별나게 흔들렸다. 수시로 터뷸런스를 만났다는 안내 방송이 나왔고, 안 그래도 머릿속이 복잡했던 나는 쉽사리 눈을 붙일 수 없었다. 이렇게 가만히 흔들리는 기내에 있을 수 없었다. 그사이 북미회담과 관련된 속보들을 체크해야겠다는 생각이 들었고, 비행기 내에서 사용 가능한 와이파이를 결제했다. 그리고 얼마 안 되어 뜬 속보. '북미회담 장소 카펠라로 결정'. 머릿속은 또다시 복잡하게 돌아갔다. 그 많은 후보지 중 하필 섬에 있는 호텔이냐 말이다. 섬을 통제해 버리면 언론의 출입을 완벽하게 차단할 수 있는 위치였다. 설마 벌써 통제를 하겠냐 하는 안도와 그래도 혹시 섬을 벌써 봉쇄해 버렸을 수도 있다는 불안이 공존하며 흔들리는 비행기는 싱가포르로 향했다.

1차 북미회담이 열린 '카펠라 호텔' 내부

북미정상회담이 열리는 호텔은 당연히 전 세계 모든 언론의 관심사였다. 우리보다 싱가포르에 먼저 도착한 타 언론사들이 호텔 출입을 시도

했지만 실패했다는 소식이 들려왔다. 이와 더불어 한국 기자가 취재 중 추방당했다는 소식을 일찍이 들었다. 역시 싱가포르는 취재하기 녹록지 않은 나라임은 분명했다. 우리에게는 북미정상회담 장소를 들어갈 수 있는 합법적인 묘안이 필요했다. 예약이 아니면 출입이 불가능하다고 판단했고, 레스토랑을 예약해야겠다는 결론에 도달했다. 막연한 시도였지만 뾰족한 수가 없었다. 떨리는 마음으로 호텔로 연락했고, 레스토랑은 예약이 가능하다는 답변을 들었다. 재빨리 택시를 잡아타고 곧장 카펠라로 향했다.

택시에서 진입을 시도하는 모습

카펠라 앞은 이미 삼엄한 경비가 시작되었다. 차량마다 예약 여부를 확인 후 통과시켰다. 자연스럽게 휴대폰을 꺼내 들었고, 취재 기자는 관광객을 가장해 호텔 진입을 시도했다. 그렇게 우리는 북미정상회담 장소를 대한민국 언론 최초로 진입했다. 호텔 안은 행사 준비로 분주해 보였다. 곳곳에서 보수 공사가 한창이었고, 미국 측 인사들로 보이는 사람들이 곳곳에서 보였다. 그렇게 호텔 내부를 한 곳, 한 곳 휴대폰으로 촬영했고, 그 영상들은 고스란히 서울로 송출되었다. 그렇게 북미회담 장소는 처음으로 한반도에서 전파를 타게 되었다.

그리고 며칠 뒤 너무나 무더웠던 싱가포르의 6월 하늘 아래서 북미정상회담이 열렸다. 정말 북한의 김정은 위원장과 미국의 트럼프 대통령이 내가 촬영한 그 장소에서 서로 악수를 하고 있었다. 꿈만 같던 현실, 우리가 그토록 바라던 한반도의 평화가 눈앞에 펼쳐지는 느낌이었다. 카펠라 호텔 밖에 있던 세계 각국의 기자들은 때로는 긴장하며, 때로는 환호하며 시시각각 전해지는 카펠라 안 영상에 집중했다. 그리고 이뤄지지 않을 것 같던 그 둘의 담화가 싱가포르 하늘 아래서 울려 퍼졌다. 대한민국 기자로 기분이 묘해지기 시작한 시점이었다. 한반도의 평화가 싱가포르에서 미국에 의해서 담보된다는 현실이 왠지 모르게 서글퍼지기 시작했다.

북미협상을 하며 언론에서 계속 언급했던 것은 한반도 평화협정이었다. 60여 년을 넘는 유례없는 정전 상태를 중단하고 평화협정을 맺는 것이 이번 협상의 목표라 매스컴들은 떠들어 댔다. 참 이상하게도 한반도 평화협정의 주체는 대한민국과 북한이 아니었다. 미국이 우리 대신 협상 테이블에 앉아야 했다. 우리의 미래를 우리의 평화를 우리가 아닌

호텔 내부에서 취재 중 모습

타국이 갖고 있었던 것이다. 이 얼마나 허망한 현실인가. 한강의 기적을 이뤘다고, 세계 10위의 경제력을 갖췄다고 자랑스러워했던 나의 조국에게는 나에게 평화를 선사할 힘이 없었던 것이다.

이런 생각들이 나의 머릿속을 복잡하게 했고, 내 휴대폰에는 북한과 미국의 지도자가 산책을 하며 대화를 나누는 모습이 흘러가고 있었다. 6월 싱가포르의 여름 때문인지, 내 머릿속 온도가 올라간 이유인지 나도 모르게 내 이마에는 식은땀이 흐르기 시작했다. 그 순간 '우리는 평화만 얻으면 된다.'라고 했던 문재인 대통령의 멘트가 스쳐 지나갔다. 지리적으로 두 강국인 일본과 중국에 둘러싸여 있고, 정치적으로 미국과 러시아의 영향을 받지 않을 수 없는 한반도에서 평화 외의 명분이 중요할 수 없었다. 그렇다. 우리는 평화라는 명분을 얻는 것이 그 어떤 가치보다도 소중했던 것이다. 이 싱가포르 하늘 아래 우리 대통령이 없어도, 한반도에 살지도 않는 미국 대통령이 한반도의 평화를 떠들던 그 모든 건 평화라는 가치 이전의 것이었다.

뜨거운 싱가포르 태양 아래서 한반도 평화가 만들어지는 모습을 보며 김구 선생이 꿈꿨던 대한민국의 미래상이 생각났다.

"나는 우리나라가 세계에서 가장 아름다운 나라가 되기를 원한다. 가장 부강한 나라가 되기를 원하는 것은 아니다. 내가 남의 침략에 가슴이 아팠으니 내 나라가 남을 침략하는 것을 원치 아니한다. 우리의 부력(富力)은 우리의 생활을 풍족히 할 만하고 우리의 강력(强力)은 남의 침략을 막을 만하면 족하다. 오직 한없이 가지고 싶은 것은 높은 문화의 힘이다. 문화의 힘은 우리 자신을 행복 되게 하고 나아가서 남에게 행복을 주기 때문이다."(김구, 「나의 소원」 발췌)」

이제야 우리는 김구 선생이 상상했던 조국의 모습을 향해 가고 있는 것 같다. 다른 나라를 침범하지 않지만, 우리의 평화는 우리가 지킬 수 있고, 우리의 문화를 통해 세계에 이바지하는 그런 나라로 말이다. 이런 아름다운 이상이 혹은 상상이 이루어지기 위해 우리는 한반도의 평화라는 전제 조건을 달성해야 하는 의무가 있음을 부정할 수 없다. 비록 남의 땅에서였지만, 싱가포르 태양 아래에서였지만, 한반도의 진정한 평화를 뜨겁게 바라본다.

뜨거운 취재 열기 모습

REC

평화의 악수…… 그 힘든 숙제
– 하노이의 아쉬움과 판문점의 벅참을 넘어

두두두두두. 중저음의 기계음이 나와의 거리를 좁히며 다가온다. 뷰파인더를 통해 '대한민군 공군'이라는 글자가 새겨진 헬기가 어렴풋이 보인다. 모든 헬기들이 그렇듯 참 느리게 오던 헬기는 너무나 빠르게 내 머리 위를 지나가 버린다. 얼마의 시간이 지나 앞선 부대보다 더 많은 프로펠러 진동이 들려오기 시작한다. 내 의지와 상관없이 심장은 쿵, 쿵, 쿵, 쿵, 쿵 저 멀리 들려오는 진동 소리와 박자를 맞춰 뛰기 시작한다. 6월의 마지막 날 대한민국 통일대교 위에 모인 세계 각지 언론사들의 렌즈는 'U.S.ARMY'라 적혀 있는 헬기를 동시에 향하고 있었다. 그렇게 또 한 번 나의 머리 위로, 그 수많은 카메라 위로 헬기는 떠나갔다. 몇 달 전, 채 끝내지 못했던 숙제를 해야 한다는 듯이, 느리면서도 급하게 두 나라 정상의 헬리콥터는 판문점을 향해 날아가고 있었다.

평화의 다리 위 기자들

동이 트지 않은 베트남 하노이 시가지, 2차 북미회담이 열리는 날 아침. 각 방송사들은 아침 뉴스 중계를 위해 바삐 움직이고 있었다. 나 역시 통제선과 회담 장소가 보이는 적당한 위치를 선점해 분주하게 MNG 중계를 준비하고 있었다. 모두들 장밋빛 회담 전망에 대한 원고를 들고 조금은 흥분된 마음으로 카메라 앞에서 또는 카메라 뒤에서 각자의 임무를 처리해 가고 있었다.

첫 중계를 마치고 이제는 조금 지겨워진 반미 샌드위치와 베트남 커피를 입에 넣으니 열흘 남짓의 다른 팀원들보다 조금 이른 출장의 기억이 주마등처럼 지나갔다. 북미 실무진들의 동선을 파악하느라 분주했던 순간들, 1차 회담 장소였던 싱가포르와는 다르게 넓은 도시와 많은 역사적 장소들로 인해 생겼던 대한 수많은 예측들…… 이와 더불어 김정은 위원장이 방문할 수 있다는 하노이 시내와 시외의 장소들을 일일이 돌아다니며 흘렸던 땀들이 이제 마지막 결실을 맺는 줄 알았다. 그렇게 시원하지만 진한 베트남 커피로 긴장된 목을 축였다.

북미 정상의 차량이 호텔로 들어가고, 삼엄하던 경비도 조금은 느슨해졌다. 각 언론사들은 수시로 들려오는 협상 내용을 경쟁하듯 타진하기 시작했다. 어떤 인사말을 건넸는지, 두 정상이 만났을 때 분위기는 어땠는지, 이를 통해 오늘 회담의 결론을 어떻게 날 것인지…… 조그만 팩트가 큰 예측이 되어 각 나라들로 전달되고 있었다. 취재진들 역시 조금은 느슨해진 마음으로 하노이에서의 마지막일 수도 있던 취재를 즐기고 있었다. 취재 현장 한쪽에서는 인증 사진을 찍기도 하고, 역사적 현장을 보고 싶어 나온 하노이 시민들과 잘 통하지 않지만 즐거운 대화들을 나누는 모습을 어렵지 않게 볼 수 있었다.

그렇게 오전 시간이 마무리될 때쯤 자연스럽게 오찬에 대해 관심이 집중되었다. 정상회담에서의 오찬은 단순한 밥 한 끼가 아니다. 메뉴에서부터 참석자에 이르기까지 하나하나에 의미가 붙고, 뉴스거리가 된다. 어떤 음식이 나오는지, 그 음식이 왜 이번 회담에 나오게 됐는지 일일이 해설들이 붙게 된다. 또한 만찬장에 참석한 사람들은 누구이며 정상을 중심으로 어떤 순으로 자리를 잡았는지에 대해 회담의 역할과 중요도를 분석하기도 한다. 그렇기에 조금이라도 빠르고 정확하게 오찬에 대한 정보들을 얻기 위해 점심시간이 가까워질수록 기자들은 분주해지기 마련이다.

이날도 다른 정상회담 때와 마찬가지로 오찬에 대한 취재로 인해 기자들의 전화와 노트북은 하노이의 태양처럼 점점 뜨거워지고 있었다. 그렇게 취재를 하던 기자들 사이에서 상상하지 못했던, 상상하고 싶지 않던 예측들이 들려오기 시작했다. 오전 회담 분위기가 좋지 않았다는 내용과 오찬장의 세팅이 미뤄지고 있다는 소식이었다. 현장은 일순간 술렁이기 시작했다. 오찬이 없을 거란 예측과 그래도 오후에 회담이 열릴 거라는 희망이 교차하고 있었다. 결과는 모두들 알다시피 협상 결렬이었다. 기자이기 이전에 대한민국의 국민으로서 허무함이 밀려왔다. 방금 전에 먹었던 진하다 못해 텁텁했던 베트남 커피도 소용이 없었다. 몸과 마음이 무거워졌다. 이성보다는 본능에 따라 몸이 시키는 대로 내 손은 두 정상의 차량에 포커스를 맞추고 있었다.

베트남 북미 2차 정상 회담을 취재 모습

베트남에서 흘렸던 값져야 했던 땀들은 나의 몸을 더 축나게 했다. 하노이 하늘에 떠 있던 정오의 햇살은 너무나 뜨거웠다. 갑자기 뜨겁게 느껴졌을 수도 있다. 그러나 현장에서 해야 할 일이 있었고 막아야 할 뉴스들이 있었다. 시가지는 후배 기자에게 맡기고 프레스센터를 챙기라는 지시를 받았다. 무거워진 마음을 이끌고 회담 장소에서 10여 분 떨어져 있던 프레스센터로 몸을 움직였다. 너무나 당연하게도 프레스센터는 회담 결과를 본사 보내고 있는 모습과 탄식의 목소리가 뒤섞여 있었다. 나 역시 여러 나라 기자들의 다양한 (혹은 일관된) 모습들을 카메라에 담았다. 누군가는 노트북으로, 누군가는 카메라 앞에서 어두운 한반도의 미래를 말하고 있었다.

얼마 지나지 않아 프레스센터 속 대형 스크린에 미국 트럼프 대통령이 등장했다. 스크린 속 상황이었지만 프레스센터 이곳저곳에서 탄식의 목소리가 들려왔다. 분명 저 대형 스크린에는 북미 양국 정상이 동시에 등장했어야 했다. 하지만 현실은 그렇지 못했다. 트럼프 대통령은 협상에 이견이 있었고, 최종적으로 결렬되었다는 선언과 함께 한반도의 미래가 어두운 것만은 아니라는 다소 어정쩡한 메시지를 던지며 기자회견을 마무리 지었다. 대한민국 국민의 한 사람으로서 손꼽아 기다리던 평화의 순간이 이렇게 다시 한번 다음 기회로 미뤄지게 된 것이다.

하노이 태양의 열기에 뒤지지 않던 통일대교의 아래, 나는 다시 카메라를 들고 서 있었다. 베트남에서의 아쉬움과 실망이 완전히 가시지 않았지만, 손안에 있던 휴대폰에서는 또다시 역사적인 사건이 일어나고 있었다. 미국 대통령이 국가 경계선을 넘어 북한 최고 지도자와 악수를 하고 있었다. 서로 총칼을 겨누던 그 장소에, 서로를 헐뜯고 비난하던 바로 그 장소에, 남·북·미 세 정상이 나란히 서 있었다. 심지어 웃으면서 말이다.

평화의 다리 위 취재진들

한반도 평화를 꿈꾸게 했던 싱가포르에서의 추억과 너무나 힘겨웠던 베트남에서의 기억들, 그리고 통일대교에서의 떨림이 모여 내 이마와 손은 이미 땀으로 흥건해져 있었다. 트위터를 날리는 것처럼 이렇게 쉬울 수도 있는 평화라는 목표가 우리 한반도에서는 왜 이렇게 멀게만 느껴지는지 한스럽기까지 했다. 그러나 우리는, 우리 민족은, 평화라는 그 힘든 숙제를 마치기 위해 느리지만 소중한 한 걸음을 더 내디딘 것이라 믿고 싶다. 그렇게 통일대교 위 태양은 평화를 향한 우리 국민들의 열망처럼 뜨겁게 빛나고 있었다.

● REC

사이판 태풍 고립, 절체절명의 군 수송기 작전

새벽 5시, 좀처럼 잠이 오지 않는다. 프로펠러와 각종 장치가 뿜어내는 소음이 고막을 찢을 듯 울어 대고 턱뼈를 잡아 흔드는 격렬한 진동이 벌써 네 시간째 내 몸을 괴롭히고 있다. 어둑어둑한 기내는 손바닥만 한 창으로 비집고 들어오는 강렬한 햇살 덕에 낮인지 밤인지 정도만 겨우 구별할 수 있었다. 처음 타 보는 C-130 수송기는 그렇게 나를 사이판으로 실어 나르고 있었다.

슈퍼 태풍 '위투'가 휩쓸고 지나간 사이판은, 그 피해로 인해 도심과 공항의 기능이 마비되어 1,800명이 넘는 한국인 관광객들의 발이 묶인 상태였다. 이러한 우리 국민을 구조하기 위한 방안으로 정부는 공군 수송기를 급파했다. 군은 태풍으로 인해 사이판에 고립된 국민들을 민간 항공 여객기가 있는 괌 공항까지 안전하게 이동시키는 임무가 주어졌다. 나는 사이판으로 향하는 구호물자들로 가득한 컴컴한 수송기 한편에서, 현장 상황에 대한 파악과 어떤 것들에 우선순위를 두고 취재에 임할 것인지 수차례 머릿속에서 예행연습을 했다.

C-130 수송기로 사이판까지 가기 위해서는 앤더슨 기지에서 중간 급유를 해야 했다. 그곳에서 외교부 신속대응팀과 기자단이 모여 시시각각 바뀌고 있는 현재 상황에 대해 공유하고, 공군으로부터 수송 작전에 대한 계획과 설명을 재차 전달받았다.

중간 급유를 위해 괌 앤더슨 미군기지에 도착한 취재진

미군기지에서 급유를 마치고 다시 떠오른 수송기는 한 시간 만에 사이판 공항에 도착했다. 김해공군기지를 출발하여 꼬박 8시간이 걸렸다. 활주로에서 처음 마주한 사이판 공항의 모습은 예상했던 것보다 처참했다. 이착륙을 통제하는 관제탑은 무너져 내렸고, 격납고는 지붕이 통째로 날아가 버렸다. 항공기와 여객터미널을 연결하는 연결통로는 엿가락처럼 휘어 땅을 향해 곤두박질쳐 있었다. 전기는 고사하고 물의 공급도 원활하지 못한 최악의 상황이었다. 신속대응팀과 함께 입국 수속을 마치고 황급하게 공항 밖으로 빠져나왔다.

군 수송기가 도착했다는 소식을 듣고 공항 바깥쪽에 미리 나와 기다리고 있던 한국인 관광객들이 순식간에 신속대응팀과 우리 쪽으로 몰려들었다. 군용 수송기가 한 번에 실어 나를 수 있는 인원은 공군 크루를 포함 100명(실제 승객 탑승 가능 인원은 80명), 사이판에서 괌 공항까지의 왕복 비행시간을 고려했을 때 해가 지기 전까지의 하루 최대 이동 가능한 횟수는 네 번이다.

사이판에 고립된 모두에게 사정이 있었고, 먼저 타고 가야 할 논리가 있었다. 외교부 신속대응팀도 누굴 먼저 태우고 가야 할 것인지에 대한 구체적인 계획과 명확한 순서가 없었던 터라 몰려든 사람들로 현장은 순식간에 아수라장이 됐다. 현장의 목소리를 담아내려 카메라를 꺼내 들었지만 취재가 쉽지 않았다. 흥분한 여행객 몇몇이 카메라를 막아섰다. 이곳저곳 뒤엉켜 서로를 밀치며 일촉즉발의 상황에 놓였다. 긴급한 투약이 필요한 사람부터, 태풍으로 날아든 장애물로 인해 부상당한 사람, 노약자, 어린아이 동반 가족, 출산을 앞둔 임산부 등 누구 하나 후순위로 밀리면 안 되는 사람들이 일제히 목소리를 높였다. 마치 영화에서

나 볼 수 있을 법한 장면이 벌어졌다. 모두가 다급했고 반드시 돌아가야 할 이유가 충분했다. 수송기 탑승이 예상보다 지연됐다. 탑승 관광객 선별 과정만으로 더 이상 지체했다가는 당초 계획했던 수송 계획에 차질이 생길 수밖에 없었다.

현지 한인회와 영사관, 여행사가 팔을 걷어붙이고 나서 사람들을 진정시켰다. 모두가 납득할 수 있게 외교부 신속대응팀장이 1회 탑승 가능 인원의 한계를 다시 한번 설명하고, 사이판에 있는 우리 국민 전원이 괌으로 이송될 시점까지 수송기를 운행할 것이라는 계획도 밝혔다. 주변이 서서히 진정되고 여행객들도 조금 더 탑승이 급한 사람에게 눈을 돌려 양보하기 시작했다.

공항 주변 취재를 마치고 신속대응팀이 탑승객을 조정하는 동안 우리 취재진은 사이판 도심의 교민 피해 상황을 카메라에 담기 위해 차를 타고 시내로 이동했다.

차창 밖으로 보이는 시내의 모습은 흡사 전쟁터와 같았다. 대부분의 오래된 전신주들은 도로를 가로질러 쓰러져 있었고, 건물의 양철 지붕은 흔적도 없이 날아가고 천정이 뻥 뚫려 있었다. 물을 얻기 위한 시민들의 줄은 끝도 없이 길게 이어져 있었고, 차에 가솔린을 넣기 위한 줄도 마찬가지였다.

섬의 자랑이자 오랜 시간 가꿔 온 야자수들은 초대형급 태풍의 강력한 비바람을 견디지 못하고 허리가 꺾인 채 흔들거리고, 주차된 차량들은 창문이 깨지거나 흉측하게 일그러져 있었다. 헬멧을 비롯한 안전장비를 착용했지만, 무너진 건물들 사이로 다니며 취재할 때는 긴장감 탓에 손이 저려 왔다. 간신히 매달려 있는 잔해들이 어느 틈에 무너져 내려 내 몸을 덮칠지 모를 노릇이었다. 주변을 몇 번이고 살피며 안전을 확인한 후에 피사체에 접근하느라 시간이 많이 걸렸다. 현지에 사는 수많은 교민들이 부상을 입었고, 큰 재산 피해를 보았다.

"2톤이 넘는 트럭들이 종잇장처럼 날아다니고, 신호등은 엿가락처럼 휘어졌으며, 콘크리트로 지어진 커다란 건물들도 맥없이 바람에 휘청거렸어요."

렌즈 앞에 선 교민들은 태풍이 불어 닥쳤던 당시의 긴박했던 상황을 그렇게 묘사했다.

붕괴된 사이판 Northern Marianas College의 태풍 피해를 취재하는 취재진

사이판에서 출발하는 수송기의 출발 시간에 맞춰 취재진도 함께 괌으로 돌아가 다시 취재를 이어 가야 했기 때문에 황급히 현장 취재를

마치고 사이판 공항으로 돌아왔다. 어렵게 1차 탑승 인원이 확정됐고, 군 수송기를 타기 위한 절차가 시작됐다. 노약자와 임산부, 어린아이를 동반한 관광객을 우선했다. 공항 시스템이 완전히 마비된 상황이라 모든 출입국 절차는 담당 직원의 수기로 진행됐다. 더디지만 그렇게 한 명 한 명씩 수송기에 오르기 시작했다.

밝고 디자인이 수려한 외관의 친근한 민항기와는 달리 시커멓고 투박한 군용기는 커다란 프로펠러를 휘두르며 활주로에서 탑승객을 맞이했다. 턱이 떨릴 정도의 강렬한 진동과 쇠붙이를 긁는 듯한 기분 나쁜 기계음이 몹시 불편할 만도 한데, 영원히 빠져나오지 못할 것만 같았던 사이판에서 드디어 탈출할 수 있다는 생각 때문인지 여행객 중 몇몇은 안도의 한숨을 내쉬고 있었다. 군 수송기를 실제로 타 본 경험이 있는 일반인이 몇이나 될까. 낯선 환경에 바로 옆 사람과의 대화도 들리지 않을 정도의 엄청난 소음과 컴컴하고 무더운 기내지만 다들 표정만은 밝아 보였다. 대략 한 시간가량의 시간이 흐르고 거친 비행에 조금은 적응될 즈음 요란하게 덜컹거리며 수송기는 괌 공항에 바퀴를 내렸다.

"고맙습니다. 덕분에 집에 돌아갈 수 있게 됐습니다. 고맙습니다."

진심이었다. 아이부터 어른까지 모두가 자신들을 위해 애써 준 제5공중기동비행단에 마음을 담아 고마움을 전했다. 재빨리 카메라를 꺼내 이 순간들을 담았다. 가슴이 뭉클했다. 해외의 외딴 섬에 고립된 자국민들을 구조하기 위해 10시간 가까이 쉼 없이 밤새 비행하여 날아왔다.

그리고 쉬지 않고 곧바로 임무를 위해 수송 비행 작전에 투입됐다. 기내에서 초코바와 컵라면으로 허기를 달래 가며 버티는 우리 공군구조대에게 진심을 담은 고마움의 표현이 위로가 되었으리라 믿는다.

활주로에 내린 승객들은 공항 직원의 인솔을 받아 터미널로 이동했다. 정부와 군, 그리고 민간이 협동하여 태풍으로 인해 사이판에 고립된 우리 국민들을 괌으로 안전하게 이송시킨 첫 번째 비행이었다. 어느 정도 마음의 안정을 되찾은 여행객들을 우선으로 인터뷰 취재를 이어나갔다. 자신은 이제는 집에 갈 수 있게 됐지만 아직 섬에 남아 있는 천여 명의 사람들에 대한 배려와 걱정도 인터뷰 곳곳에 묻어났다. 괌 공항에서 뉴스를 위해 지금까지 취재한 내용을 본사로 차례차례 송출했고 이 영상들은 지상파와 종편, 뉴스 채널을 통해 전국으로 방송됐다.

취재 장비를 들고 C-130 수송기에 탑승하는 필자

이날 이후로도 군 수송기는 사흘간 10번의 비행으로 우리 국민 799명 전원을 사이판에서 괌으로 쉬지 않고 실어 날랐다.

최대풍속 시속 290㎞의 슈퍼 태풍 '위투'는 평화로운 휴양지 사이판을 쑥대밭으로 만들었다. 즐거운 휴가를 떠났을 여행객들은 예기치 못한 재난으로 타지에서 발이 묶였다. 도심 기능은 마비되고 건물들은 무너졌다.

현지 영사관과 교민, 한인회와 외교부 신속대응팀이 연계한 언론의 빠르고 정확한 보도와 정부와 군의 재빠른 대처로 우리 국민의 피해를 최소화했다. 하지만 취재 초반, 여행객 피해 상황 위주의 지나친 불구경 보도로 인해 섬에 실제로 거주하는 교민들의 피해와 구호, 복구에 대해 상대적으로 보도가 둔감했다는 비판도 우리 언론이 주목하고 반성해야 할 점이었다.

재해재난 지역의 취재는 언제나 극도의 긴장 속에서 이루어진다. 현장에 도착하기 직전까지 수많은 플랜을 세우지만 그대로 취재가 진행되는 일은 거의 없다. 준비 단계부터 여러 가지 상황을 고려하여 안전장비와 취재 도구를 챙기지만, 현장 상황에 따라서는 이 모두가 무용지물이 되는 경우가 많다. 막대한 분량의 재난 취재 매뉴얼도, 다년간 쌓아 온 경험도 그 긴장의 끈을 느슨하게 하지는 못한다.

'취재진과 취재원의 안전이 최우선이다.'

수없이 교육을 받아 왔지만 그것들이 완벽하게 담보되는 재난 현장은 드물다. 정신없이 현장을 쫓다 보면 보도의 순기능인 방재와 예방에 맞춰져야 할 포커스는 놓치고 쉴 새 없이 자극적인 장면만 찾게 된다. 그로 인해 기자는 주변 상황을 판단하는 능력을 상실하게 되고 위험한 상황에 고립되게 된다. 취재진과 취재원이 함께 위험 상황에 그대로 노출되는 순간이다. 재해와 재난으로 인해 고립된 상황을 전파하여 구호와 복구를 호소하고 이로 인해 추가로 발생하는 위기에 대한 예방의 효과를 극대화하는 것이 재난 취재의 목적임에도 말이다.

격렬하게 이뤄진 취재 뒤에는 항상 아쉬움이 남는다. 사이판에 고립됐던 이들, 한국에서 기다리는 가족들, 피해를 입은 교민들. 나는 그들 사이에서 누구를 위한, 무엇을 위한 취재에 임했는지 돌아보며 반성의 시간을 갖는다. 혹 먼발치에서 불구경하는 이들만 즐거운 자극적인 그림을 찾아 목적 없이 하이에나처럼 현장을 누빈 것은 아닌지. 흔들리는 나를 부여잡고 처음 김해공항에서 수송기에 올랐던 때로 테이프를 되돌려 본다.

芯照鏡典
심조경전

‘역사의 중심을 비추는 거울’

● REC

우리 앞의 생이 끝나갈 때

- 故 신해철 5주기 즈음에 드는 단상

지극히 평범했던 일요일 저녁. 나는 소파에 앉아 내일이면 시작될 한 주의 시작을 조금이나마 밀어내고자 리모컨을 움켜쥐었다. TV 소리가 저무는 주말의 아쉬움을 달래듯 거실을 가득 메웠다. 그때, 맹목적 유희만을 좇아 분주히 움직이던 리모컨이 갑자기 멈추었다. TV에서 흘러나오는 익숙하고 아련한 음악이 내 마음 깊이 파고들었기 때문이다.

세월이 흘러가고 우리 앞에 생이 끝나갈 때
누군가 그대에게 작은 목소리로 물어보면 대답할 수 있나
지나간 세월엔 후회는 없노라고 그대여

故 신해철. 그의 노래가 후배 가수의 입을 통해 TV 안에서 다시 숨 쉬

고 있었다. 흥얼거리며 그의 노래를 감상했다. 왜일까…… 멜로디 안, 가사의 한마디 한마디가 뇌리에서 사라지질 않는다. 물론, 이런 기분은 처음이 아니었다. 신해철 특유의 철학적 가사는 불현듯 내게 깊이 찾아온다. 하나, 이 노래 〈우리 앞의 생이 끝나갈 때〉를 듣고 순간 멍해진 건 처음이었다.

내 삶 전체가 반추된다. 그의 노래가 내게 질문을 던진다. '지나간 세월엔 후회는 없는가?'라며 묻는다. 부끄러움이 얼굴에 번져 가렵다. 무자극과 나태함으로 점철된 나에게, 그가 나의 30대의 마지막 숙제를 던져 주었다.

故 신해철의 〈우리 앞의 생이 끝나갈 때〉 노랫말

영상 시대에 사는 지금, 아이러니하게도 '영상 기자의 전성기는 끝났다'는 평가가 줄을 잇는다. 촬영을 무기로 하는 직업들이 카메라기기의 대중화로 희소성을 잃은 게 주(主) 이유라고 한다. 시민들이 스마트폰으로 찍은 영상이 뉴스에 쓰이는 사례는 이제 비일비재하다. 우리보다 먼저 찍을 수밖에 없는, 그래서 '팩트'가 더 많이 담긴 제보 영상이 뉴스에 긴요하게 쓰이고 있는 게 우리네 현실이다. 하지만 이런 이유로 영상 기자의 전성기가 지났다고 하는 것은 지나친 비약이다. 자기반성 없는 현실 부정일 뿐이다.

우리가 너무 신세 한탄에 매몰되어 있는 건 아닌지 되돌아봐야 한다. 미디어 생태계는 어느 산업보다 변화무쌍하다. 우리는 그 변화의 요구에 성실히 부응하고 있는지 의구심이 든다.

아쉬운 점은 우리 중 누군가는 이러한 시대적 응답에 전혀 대꾸조차 하지 않는 '갈라파고스(Galapagos)에 사는 거북이'라는 것이다. 취재 현장에 나가기 귀찮아하는 기자, 진화하는 新장비에 귀 기울이지 않는 기자, 소위 짬으로 모든 일을 후배에게만 미루는 기자 등이 이에 해당한다.

이들은 미디어 빅뱅이라는 거대한 물결이 전혀 닿지 않는 곳에 사는 듯하다. 생물학적 진화에 급급하여 나이는 먹었으나 기자로서의 성장은 답보 상태다. 갈라파고스제도에 사는 거북이처럼 '고립'이라는 단어가 연상된다. 이들에게 우리는 '동료'라는 이름을 붙여 줄 수밖에 없어 허탈하기까지 하다. 나 역시, 반성의 칼날을 스스로 겨누어 본다. 이 말 안에는 내 의지가 또렷이 담겨 있다. 하지만 내가 '고립의 갈라파고스'처럼 갇혀 있는지 아닌지를 자체적으로 살펴보기에는 결여된 객관성이 발목을 잡는다. 그러기에 하루빨리 삼엄한 정글, 아마존으로 가야 한다는 생각이 든다. 아마존은 변화와 노력 없이 버틸 수 없는 곳이다.

변화에는 변화로 대처해야 한다. 다행인 것은 우리 자체적으로 변화의 물결이 일고 있다는 점이다. SBS 뉴미디어국이 대표적이다. SBS 뉴미디어국에는 4명의 영상 기자가 속해 있다. 그들은 기존 TV 플랫폼으로 제작하는 뉴스를 탈피해 스마트폰 등의 뉴플랫폼에서 보도 영상이 나아가야 할 길을 제시하고 있다. '비디오머그'라고 불리는 콘텐츠를 개발, 이슈가 되는 보도 영상을 재가공하여 시청자들을 만나고 있다. KBS도 뉴미디어 분야에 3명의 기자가 투입되어 다채로운 콘텐츠 만들기에 열을 올리고 있다. 또한, 내가 알지 못하지만 각자의 방송국에서 영상 기자들이 뉴미디어 콘텐츠에 힘을 보태고 있다.

필자가 집회 취재를 위해 부감 영상을 촬영하는 모습

'위기 속의 기회'라는 말을 실천하는 동료들이 주위에 있다는 건 내게 큰 가르침이다. 이들은 변화를 즐긴다. 공부를 두려워하지 않고, 주어진 임무에는 게으름을 찾아볼 수 없다. 어떤 후배 기자는 드론 저널리즘이 자리가 잡히기도 전, 이미 드론에 심취했다. 드론 촬영으로 얻게 될 보도 영상의 가치를 남들보다 먼저 알고 대비한 것이다. 드론 비행의 기본과 실무를 닦아 놓았던 그 기자는 우리 회사에서 드론 저널리즘에 가장 저명한 기자가 되었다. 영상 편집에 관심이 많은 선배도 있다. 그는 편집에 정통하기 위해 고가의 맥(MAC) 컴퓨터를 구입했다. 그리고 편집툴(TOOL)은 물론, 컴퓨터 그래픽툴까지 섭렵해 나갔다. 우리 회사에서 새해 영상을 비롯해 각종 특집 영상 중에 그의 영상 취재와 편집이 안 들어간 것을 뽑는 게 어려워질 만큼 그의 능력은 독보적이다. 그들은 아마존에 사는 카멜레온 같다. 정글의 먹이사슬 밑단에 위치해 어떻게든 변화를 모색하여 자신만의 살길을 찾는 방법이 무척 닮아 있다. 미디어 생태계에서 영상 기자를 보는 시선이 밝지만은 않다는 점에서 그들의 노력은 생존의 몸부림이다.

미래 사회에서 기자라는 직업은 기로에 서 있다. '사라질 것이다', '살아남을 것이다', 현재를 살아가는 우리는 이에 대해 명쾌한 답을 내놓지 못한다. 분명한 것은 미래에 대해 고민하고 현재를 살아가며 변화를 모색한다는 것이다. 질문을 던져 본다. 하루가 다르게 획기적인 카메라가 쏟아져 나오는 지금, 그 카메라가 과연 진실 전달에 어떤 도움이 될까. 내가 하는 취재 행위가 사람들의 삶에 어떠한 영향을 끼칠 것인가. 계속되는 의문에 스스로 질문을 해야 한다. 나태해진 내 자신의 바보 같은 초상에도 그 이유를 반드시 물어야 한다.

흐르는 시간 속에서 질문은 지워지지 않네
우린 그 무엇을 찾아 이 세상에 왔을까
그 대답을 찾기 위해 우리는 홀로 걸어가네

故 신해철의 〈우리 앞의 생이 끝나갈 때〉의 노랫말이 머릿속에서 좀처럼 사라지지 않는 밤이다. 그는 내게 20대에 큰 감성을 일깨워 준 은

인이다. 이제 다시 그는 불혹을 앞둔 내게 한 번 더 은인이 되어 주려 한다. 그리고 그에 다한 보답으로 내 생이 끝나가기 전인 지금, 질문에 답해야 한다. **'변화에는 변화로 성실히 응답하겠노라고…….'**

● REC

2군, 이상화 그리고 정선아리랑

2018년 1월은 기자로서 냉탕과 온탕을 오갔던 날들이었다. 시베리아 추위가 우스워 '서베리아'라는 별칭을 얻은 대한민국의 추위는 길다면 길고 짧다면 짧은 8년 동안의 기자 생활 중에서도 손에 꼽혔던 혹독한 냉기였다. 역사적 추위에서도 남북 관계는 참으로 오랜만에 역사적 온기를 뿜어내고 있었다. 평창올림픽을 앞두고 남북 관계는 초시계 앞의 스케이터들처럼 빠르게 친숙해졌고, 기자로서 할 일은 눈덩이처럼 늘어났다. 칼바람이 불어 힘든 현장들의 연속이었지만, 훈훈해진 남북의 관계를 보며 역사의 한 페이지를 기자로서 담당하고 있다는 생각에 조금이나마 위안을 삼고 있었다.

올림픽보다는 남북 관계가 강조돼서인지 언론에서는 연일 평창올림

평창올림픽 개막식 ⓒ 매일경제 김호영 기자

픽이냐, 평양올림픽이냐 하는 식의 비아냥거림이 계속되었다. 기록적 추위가 계속되고, 역사적 일정들이 연속으로 터지자 몸과 마음은 어쩔 수 없이 지쳐 갔다. 평창이든 평양이든 빨리 시작하고 끝냈으면 하는 마음이 가슴 한구석에서 꿈틀거릴 때쯤 평창올림픽의 개막식이 시작되었다. IT 강국을 뽐내듯 현란한 기술들이 미디어아트와 결합되어 화려하게 개막식을 수놓고 있었다. 그러던 도중 갑자기 들려오는 국악의 선율. '아라리이요'로 시작하던 강력하지도 세련되지도 않았지만 너무나 인상적인 목소리. 그 순간 한 달여간의 강행군의 피로가 눈 녹듯 녹아내리는 기분이 들었다. 왜 나는 스포츠 행사에서 울려 퍼진, 조금은 생뚱맞은 아리랑 한 곡조에 그동안의 모든 불만과 노고가 씻겨 내려가는 느낌을 받은 것일까.

대부분의 스포츠팬들이 특정 종목에 빠져드는 이유는 경기의 화려함 때문일 것이다. 스타플레이어들과 그들의 화려한 몸놀림, 그리고 잘 짜인 작전들을 보면서 탄성을 자아내며 팬이 되어 간다. 누구나 햄과 소시지 반찬이 최고였던 어린 시절을 지나 구수한 청국장의 맛을 알아 가는 시기가 있듯, 스포츠팬들도 시간이 흐르며 성숙도가 깊어지는 것 같다. 화려함만 보던 초딩 입맛에서 그 이면의 고뇌를 알아 가며 스포츠의 매력을 더 느끼게 된다.

이러한 스포츠의 뒷맛을 알게 된 것은 프로야구 2군 경기를 취재하면서였다. 막 초보 기자 딱지를 뗐던 시절, 프로야구 취재를 가게 되었다. 사건·사고만 전담하던 막내에게 프로야구 취재는 신기하기도 하고 재미있을 것 같은 기대감도 있었다. 평상시에도 야구를 좋아하던 필자이기 때문에 기대감은 더 컸던 것 같다. 그런데 일정을 자세히 보니 2군 경기 취재였다. 2군이지만 그래도 프로야구라는 생각에 가벼운 발걸음으로 취재 기자와 야구장으로 향했다. 그러나 내 머릿속 기대는 야구선수들이 타고 온 전세버스에서부터 무너져 내렸다. 버스에서 내리는 하나같이 꼬질꼬질한 선수들, 운동선수로서 활기차기보다는 고3 수험생처럼 무언가 찌들어 있는 모습이었다. 카메라앵글을 어디에 둘지 망설이고 있던 순간, 자신들의 배트와 야구공, 심지어 음료수까지 바리바리 싸서 운동장으로 향하는 선수들의 모습이 뷰파인더를 통해 들어왔다. 말로만 듣던 2군 선수들의 모습이 현실로 펼쳐지자 나도 모르는 박탈감이 몰려왔다.

그래도 프로선수들인데 왜 저렇게 축 처져서 야구장을 어슬렁거리는지 약간의 화가 치밀어 올랐다. 그래도 프로 아닌가 하는 생각과 함께 좀비라고 해도 믿을 것 같은 2군 선수들의 훈련 취재가 바로 이뤄졌다. 운동장에서 조깅하며 몸풀기가 시작되었고, 나도 카메라를 들고 천천히 취재의 고삐를 당기기 시작했다. 그렇게 준비운동이 끝나고 본격적으로 수비와 배팅 연습이 이어졌다. 조금의 시간이 지나자 온몸은 땀범벅이 되어 있었다. 당연히 선수들의 얼굴에는 땀이 난다기보다는 주룩주룩 흐르고 있었다. 때는 8월 정오였다. 2군 선수들은 사무실에 가만히 있어도 땀이 등줄기를 타고 흐르는 그 시간에 밖에서 누구보다 열심히 프로선수로서 훈련을 하고 있었던 것이다. 프로선수들이 운동장을 좀비처럼 걸어 다녀 프로답지 못하다고 생각했던 섣부른 내 생각이 부끄러워지는 순간이었다.

배팅 연습이 끝나고 맞이한 점심시간. 산해진미를 생각했던 건 아니었지만 그래도 운동선수들의 밥상은 화려할 줄 알았다. 현실은 밥 차와 간이식탁. 이마저도 프로팀이 잘 신경 써 준 편이라는 밥차 사장님의 언질이 있었다. 2군 선수들에게 제공되는 점심은 도시락에서 햄버거 정도가 대부분이라는 것이다. 기자 양반들도 같이 한술 뜨라는 밥차 사장님의 권유가 계속되어 간이식탁에 앉았지만 무언지 모를 미안한 마음에 같이 앉아 있기가 미안했다. 짜장면에 탕수육이라도 대접해야 할 것 같았고, 이제는 불쌍하게 느껴지는 선수들의 밥을 내가 빼앗아 먹는 것 같아 민망해졌다.

이렇게 수수한 점심 식사가 끝나고 오후 3시가 되자 본격적인 경기가 시작되었다. 8월 오후 3시에 말이다. 기상청에서는 연일 폭염주의보를 내리며 바깥출입을 자제하라는 공지를 내보내는 시기에 40도가 넘나드는 운동장에서 경기를 시작한 것이다. 게임도 시작 전에 사실상 체력을 거의 소진한 영상 기자도 그 선수들과 함께 그라운드를 누빌 수밖에 없는 운명에 처한 것이다. 예상대로 그라운드는 뜨거웠고, 관중석은 냉랭했다. 기껏해야 선수들의 부모님이나 가족들 몇 명이 앉아 있던 관중석은 8월 무더위를 무색하게 할 만큼 서늘함이 느껴졌다. 그래도 선수들은 열심히 뛰고 달린다. 관중석이 냉랭하든, 그라운드가 40도를 넘든 말이다. 그렇게 프로야구 2군 선수들은 그 무언가 목표를 위해 살인적인 경기를 이어 나가고 있었고, 필자 또한 살인적인 취재 일정을 소화하고 있었다. 도대체 무엇을 위해 이토록 뛰고 또 뛰는 것인가.

평창올림픽에서 가장 인상적인 경기는 빙상 여제 이상화 선수의 경기였다. 밴쿠버에 이어 소치에서도 500m 금메달을 거머쥔 대스타지만, 이번 시즌은 고질적인 무릎 부상 등으로 제 실력을 펼치지 못했다는 평을 들었다. 평창을 앞두고서는 다른 종목 출전을 모두 포기하고 오직 500m 경기에만 집중한다는 발표도 했다. 다른 선수들은 한 번도 따기 힘들다는 올림픽 금메달을 두 번이나 따고, 이번이 세 번째이지만, 그만큼 부담감도 갑절로 느끼고 있는 모습이었다. 빙속 여제로서 대단한 아우라보다는 저렇게까지 무리하며 스케이트를 타야 하는가 하는 인간적 연민이 더 많이 갔다.

2월 18일 평창올림픽 10일째, 스피드스케이트 500m 경기가 시작되었다. 당연히 대중의 이목은 이상화 선수의 금메달에 집중되었다. 이상화 선수보다 앞서 경기를 치른 이번 시즌 1위, 일본의 고다이라 나오는 당연하다는 듯이 올림픽 기록을 세우고 당당히 1위에 랭크되어 있는 상황이었다. 경기장 내 관중들은 물론이고 TV를 보고 있던 전 국민이 숨죽여 출발 총소리를 기다렸다. '탕' 소리와 함께 이상화 선수의 세 번째 금을 향한 도전이 시작되었다. 처음 시작은 나쁘지 않았다. 100m 기록이 고다이라 나오보다 0.06초 빨랐다. 초반 스피드가 중요한 단거리 종목에서 0.06초 차이라면 금메달이 가능해 보였다. 전 국민이 이상화 선수의 한 걸음, 한 걸음에 집중하고 있었을 것이다. 그렇게 접어든 레이스 종반 마지막 코너. 고질적 문제로 지적되었던 왼쪽 무릎이 살짝 무너지며 삐끗하는 듯했다. 그렇게 한 번의 고비는 승부를 갈랐고 이상화 선수는 은메달을 목에 걸었다.

경기가 끝나고 기록을 확인한 이상화 선수는 코치진에게 가서 하염없는 눈물을 보였다. 평소 당당하고 야무진 모습만 언론에 노출됐던 선수여서 그런지 중계진들도 이상화 선수의 눈물에 당황한 기색이 역력했다. 가깝게는 마지막 코너의 실수가, 부상에서의 고통이, 훈련의 고단함이, 국민들 기대에 대한 부담감이 이 선수의 머릿속을 스쳐 지나갔을 것이다. 후련함과 아쉬움이 교차하며 만들어 낸 눈물이었다. 그것을 보며 다시 한번 내 머릿속을 스치는 의문 한 가지. 무엇을 위하여 그렇게 열심히 달렸을까.

프로야구 2군 선수들도 빙상 여제 이상화 선수도 모두 힘든 여건을 견뎌 내고 훈련하며 경기를 치르고 있었다. 우리가 TV 속에서 혹은 경기장에서 보는 스타들의 화려한 모습들은 이 각자가 처해 있는 난관 그리고 한계를 뛰어넘으며 보여 주는 것이다. 난관과 한계를 뛰어넘어 그 이상의 경기력을 보여 주는 것은 슈퍼스타이건 2군 선수이건 운동선수라면 당연히 감내해야 할 그들의 어쩔 수 없는 운명인 것이다. 나의 한계를 뛰어넘지 못하고 다른 사람을 이길 수 없다는 너무나 자명한 명제에 선수들은 스스로의 한계에 도전하고 있던 것이다.

경기를 마치고 눈물 흘리는 이상화 선수 ⓒ 매일경제 김호영 기자

올림픽 개막식에 울려 퍼졌던 아리랑은 한계를 넘는 험난한 과정을 지나왔고, 또는 지나고 있을 선수들에게 큰 영감을 주는 것 같다. 아리, 아리 한고비를 넘고 또다시 고비를 넘어가며 자신의 실력을 쌓아 가야 하는 선수들의 현실에 잘 맞아떨어지는 선곡이었다고 느껴진다. 스포츠 세계에서 이런 고비들을 넘어가는 모습은 마치 인생의 굴곡과 닮아 있다. 선수들뿐만은 아니다. 결국 인생이라는 것은 고비, 고비 한계와 위기를 극복해 가며 살아 내는 것이다. 눈앞의 고비를 넘어갔을 때 무엇이 있을지, 우리가 어떻게 성장할지 아무도 모른다. 그러나 그 고비를 넘는 행위 자체에 삶의 의미가 있다고 믿고 싶다. 방송국에 들어온 연차가 늘어나고, 새해 첫날의 떡국 그릇 수가 늘어날수록, 기자로서도 인간으로서도 하루하루, 고비, 고비를 넘어가는 것이 힘겹게 느껴질 때가 많다. 이 길이 기자로서 혹은 한 명의 인간으로서 올바르게 가고 있는지 의문이 생기고, 때때로 회의가 들기도 한다. 하지만 명창의 목소리는 아리 아리 아리랑 고개를 넘어가는 것이 인생이라고 말하고 있다. 아리랑 고개를 넘어가는 것은 힘들지만 지금 고개를 넘고 있다면 나는 잘 살고 있는 것이 아닐까? 그렇게 아리랑 한 곡조가 나의 맘을 위로하고 있었다.

● REC

궁극의 요리백서를 찾아서 (feat. 촛불집회)

2016년 겨울을 뜨겁게 달궜던 '촛불혁명'. 나는 과연 미래의 인류는 촛불혁명을 어떤 시각으로 바라볼 것인지 궁금해했다. 1,700만 명의 국민들이 스스로 거리로 나와 민주주의 수호를 외치며 거대한 부조리에 대항하고 승리를 쟁취한 기념비적인 사건으로 기억될까. 그저 많은 사건들 중에서 크게 특출 난 것 없는 하나의 기록에 불과한 사건으로 기록될 것인가.

미래의 역사가들이 판단을 하겠지만, 현시대 사람들은 촛불혁명에 대해 일관된 견해를 갖고 있지는 않다. 미천한 기자 경력이지만, 2016년의 광화문은 나에게 가장 잊을 수 없는 현장으로 남아 있다. 그때의 기억을 더듬어 취재기를 쓰는 도중, 문단 문단이 무미건조하게 흘러간다는 생각이 들었다. 어느 취재기보다 인상적으로 글을 쓰고 싶다는 바람이 생긴 것도 그쯤이었다. 촛불혁명의 승리에 대한 나만의 '오마주'를 남기고 싶었다.

고민 끝에 나온 글쓰기 방법은 공상과학 장르를 차용(借用)하는 것이다. 공상과학 장르를 들고나와도 어색하지 않으리라는 믿음은 확고했다. 촛불집회를 점화시킨 '국정농단'의 진실이 공상과학의 상상력을 충분히 뛰어넘고도 남았기 때문이다.

아주 먼 미래의 어느 날, 호기심 많은 어느 후손이 타임머신을 타고 촛불혁명의 현장을 방문했다는 상상으로 시작해 본다.

후손이 누른 타임머신의 키워드(keyword)는 '요리'였다. 먼 미래, 인류의 걱정은 더 맛있는 음식에 대한 갈구였다. 조상들이 즐겨 먹었던 음식은 후손이 사는 세상에도 있었지만, 그 맛이 같다고 생각한 적은 없었다. 후손은 인공지능이 해 주는 레시피에 매우 질려 있었다. 종이 냄새 풀풀 나는 조상들의 요리백서는 뭔가 다를 것이라는 기대감이 컸다. 후손은 요리백서만 얻을 수 있다면, 비싸게 빌린 타임머신 렌트 비용은 아무것도 아니라는 계산도 있었다.

세부적인 장소 코드는 청와대로 정했다. 그 시대 최고의 셰프는 청와대에 있을 터, 유명 셰프가 제작한 요리백서만이 자신의 입맛을 충족해 줄 것 같았다. 후손은 군침을 꿀꺽 삼키곤 재빨리 출발 버튼에 손을 가져갔다.

시기는 1972년, 장소는 청와대. 마침 박정희 대통령의 일생일대 요리가 시작되고 있었다.

재료는 헌법. 요리법은 '조국의 평화적 통일 지향, 민주주의 토착화, 실질적인 경제적 평등 이룩' 등 거창했다. 겉으로는 국민을 위한 레시피로 포장했지만, 속은 달랐다. 사실상 박정희 대통령의 장기 집권을 위한 꼼수 레시피였다. 2016년의 박근혜 대통령이 있던 청와대도 별반 다르지 않았다. 아버지가 그랬던 것처럼, 박근혜 대통령에게도 헌법은 통치를 위한 한낱 재료에 불과했다. 국민이 준 헌법 재료를 소중히 다루지 않았고, 먹지도 않았다.

그저 오래된 친구, 최순실이 해 주는 요리만이 그녀의 입맛을 돋우었다. 요리를 인정받은 덕분일까. 최순실은 대통령 옆에 그림자처럼 붙어 앉아 '국민이 준 권력'을 재료 삼아 양껏 요리해 나갔다. 잡식성이었던 최순실은 정치, 경제, 문화, 스포츠 등 사회 전 영역을 초토화시키며 솜씨를 뽐냈다. 그녀가 요리하고 지나간 영역은 부패해, 썩은 고기만 남아 있었다.

하이에나 같은 사람들이 주위를 맴돌며 썩은 고기를 즐겼던 건 당연한 이치였다. 국정농단 요리백서 탄생의 서막이었다. 하지만 2016년 국민들은 1972년 국민들과 달랐다. 유신헌법 요리는 통했을지 몰라도 2016년의 청와대 요리는 실패로 돌아갔다. 쓰였던 재료와 맛의 진실이 인터넷을 통해 빠르게 확산됐다. 현직 대통령의 헌법 유린을 알게 된 국민 대다수는 크게 실망했다. 국민들은 스스로 청와대 밥상을 걷어차기 시작했다. 그리고 광장으로 나왔다.

후손은 어리둥절했다. 1972년을 거쳐 순식간에 2016년을 와 보았지만, 아직 음식은 구경도 못 했다. 목적지까지 변경되어 타임머신은 청와대에서 광화문 광장으로 향했다. 후손은 타임머신 문 앞에 기대어 밖을 내려다보았다. 집회라는 생소한 광경이 눈앞에 펼쳐졌다.

사람들이 다니는 길 곳곳마다 불빛들로 가득 차 있었다. 세종로를 비롯해 청와대가 있는 효자동까지 모든 도로는 촛불을 든 사람들로 붐볐다. 타임머신이 광장에 다다르자 촛불은 큰 파도를 이뤄 출렁이고 있었다. 후손이 하늘에서 본 촛불 파도는 그야말로 장관이었다. 거대하게 출렁이는 촛불 파도는 흡사 국민의 성난 민심을 대변하듯 크게 요동치고 있었다.

곧이어 이어진 촛불 소등식. 백만 개의 촛불이 일사불란하게 꺼졌다. 빛이 사라지면서 소리도 함께 삼켰다. 고요한 적막이 흐른 뒤, 하나둘씩 촛불들이 다시 기지개를 켰다. 촛불 하나하나가 켜질 때마다 마치 희망의 씨앗이 발화하는 착각에 빠져들게 했다. 곳곳에서 "어둠은 빛을 이길 수 없다!"라고 외치는 국민들의 목소리와 촛불이 하모니를 이뤄 거대한 연극의 한 장면을 연상케 했다. 타임머신에서 내려온 후손은 광장 안으로 향했다.

"박근혜는 하야하라!", "국정농단, 진실촉구!" 광화문 광장에 성난 국민들의 목소리가 쩌렁쩌렁하게 울려 퍼졌다. 손에는 저마다 종이컵으로 포근하게 감싸고 있는 촛불을 들고 있었다. 바람이 아무리 불어도 종이컵은 잘 차단하고 있었다. 촛불은 계속 빛을 내며 추위를 쫓아냈다. 후손이 본 광장 사람들의 첫인상은 진지하다는 것이었다. 머리가 희끗희끗한 할아버지, 교복을 입은 학생들 어느 하나 흐트러짐 없이 자리를 지키고 앉아 있었다. 그들은 매서운 눈을 가지고 있었고, 귀는 열려 있어 집회에서 나오는 모든 이야기를 경청하고 있었다.

결연한 각오를 하듯 힘차게 구호를 외쳤고, 자유발언대에서 대한민국의 미래를 걱정하는 아기 엄마의 울먹거림에 같이 흐느끼기도 했다. 국민들은 가끔은 웃음을 머금었지만, 내면에는 엄청난 불안감이 서려 있었다. 열기는 유명가수 양희은 씨가 이어 나갔다. 그녀는 자신의 노래, 〈상록수〉를 열창했다.

우리들 가진 것 비록 적어도 손에 손 맞잡고 눈물 흘리니
우리 나갈 길 멀고 험해도 깨치고 나아가 끝내 이기리라

노래가 클라이맥스로 치달으면서, 집회에 모인 사람들이 따라 부르기 시작했다. 모든 사람들이 촛불을 쥔 손을 좌우로 흔들면서 노래를 부르자 또 한 편의 장대한 그림이 완성되어 가고 있었다.

집회는 행진을 끝으로 자정이 다 돼서야 마무리됐다. 사람들은 광장에 버려진 쓰레기들을 치우고 있었다. 후손은 손수 쓰레기를 치우는 모습이 여간 신기하지 않을 수 없었다. 로봇들이 해 주는 일이라고만 생각했지, 사람이 할 일이라고는 상상하지 못했다. 후손이 재밌게 청소하는 모습을 바라보던 중, 한쪽에서 고성이 터져 나오는 것을 들을 수 있었다.

자연스럽게 후손은 그쪽으로 발걸음을 옮겼다.

"쓰레기들! 너넨 자격이 없어! 왜 찍어!"

후손은 크게 놀랐다. 사람이 사람에게 화를 낸 것은 처음 봤다. 어느 한쪽이 일방적으로 몰아세우고 있었다. 당하는 쪽은 아무 말 없이 고개만 떨구고 있었다. 그리고 한 손에는 커다란 장비를 들고 있었다.

2016년 광화문 촛불집회

후손은 왜 싸움이 났는지 알고 싶었다. 아주 먼 미래에도 싸움은 재미난 구경거리였나 보다. 사실을 확인한 결과, 집회에 참여한 국민 몇 명이 고성을 지른 것이었다. 고개를 들지 못하고 큰 장비를 주섬주섬 챙겨 자리를 피한 사람은 방송국 기자였다. 후손이 알아보지 못했던 큰 장비의 정체는 방송용 카메라였다. 카메라 앞과 옆에서는 방송국의 로고가 큼지막하게 붙어 있었다. 기자는 카메라를 들지 않은 다른 손으로 로고를 급히 가리면서 빠르게 자리를 피했다. 기자는 주변 건물의 모퉁이를 지나서야 카메라를 바닥에 내려놓았다. 담배에 불을 붙이는 손엔 작은 떨림이 일었다. "후유…… 이게 다 자업자득이지 뭐……." 긴 한숨 탓인지 담배 연기는 하염없이 뿜어져 나왔다. 자업자득이라는 말이 후손은 도무지 이해가 되질 않았다. 곧이어 동료로 보이는 사람이 합류했다. 그들의 얼굴에서 집회 취재를 잘 마쳤다는 홀가분함이 보였다. 농담도 주고받으며 하루를 정리하는 일상적인 모습이었다. 후손은 그들의 이야기에 귀를 기울였다. 추운 날씨였지만 국민들의 뜨거운 집회 열기에 놀랐고, 촛불이 만들어 내는 영상이 대단해 카메라에서 눈을 떼지 못했다는 내용이었다. 여기까지는 후손이 느낀 바와 별반 다르지 않았다.

그 뒤, "국민의 시선이 정말 무섭다. 현장에서만큼은 어느 방송국보다 열심히 취재했다고 생각한다. 영상 기자들은 모두 한마음일 것이다. 현장의 모습을 더 간결하고 인상 깊게 전하고 싶은 마음뿐이었다고. 현실은 국민에게 진실을 전달하지 못한 죗값을 받고 있는 것 같다."라고 털어놓기 시작했다. 후손은 이제야 조금씩 이해가 됐다. 그들의 반성과 자조 섞인 말 속에서 진정성을 느낄 수 있었다. 국민들의 매스미디어에 대한 성토는 집회 중간중간에 발언자를 통해 들을 수 있었다. 그리고 매스미디어 종사자 중에 집회에서 눈에 띄는 사람이라곤 큰 카메라에 회사 이름을 붙이고 다니는 기자들뿐이었다. 광장에서는 회사 로고가 붙은 카메라를 메고 다니는 기자들이 그 회사 자체였다. 그리고 매스미디어에 대한 불만들은 대표성을 띤 그들이 온전히 껴안고 있었다.

더 큰 로고가 그려진 회사 차가 그들을 실어 나르자, 광화문 광장은 고요함이 밀려왔다.

후손은 다시 타임머신에 올랐다. 요리백서를 얻기 위해 시작된 여행이었지만, 지금은 이렇게 큰 집회가 일어난 이유를 더 알고 싶어졌다. 타임머신에 있는 컴퓨터를 이용해 현시대의 인터넷 세상으로 들어갔던 이유도 거기에 있었다. 집회에 대한 내용이 포털 초기 화면에 주를 이뤘다. 그는 하나둘씩 읽어 가면서 고개를 끄덕이기 시작했다. 후손이 사는 미래에도 독재와 권력자의 기만이 존재했다. 하지만 이처럼 인류 역사상 폭력 없는 대항은 미래에 사는 후손에게도 생소했다. 또한, 현 대통령의 온갖 비리와 부정 탄압의 산물이 국민들의 입장에서 도저히 그냥 넘어갈 수 없는 분노도 이어졌다고 생각했다. 후손은 100만 명의 인파가 광장으로 모인 태동(胎動)이 온라인 공간이었다는 사실에 매우 놀라기도 했다.

후손은 하지만, 한계도 알고 있었다. 국민의 의식이 점점 깨어나고 있고, 그들의 목소리가 인터넷으로 시작해 광장을 통해 내뿜어져 나오고 있지만, 아직 그 한계가 명확하다는 것을 미래에 살고 있는 후손이 모를 리 없었다. 정치공학적으로, 현 대통령이 물러난다고 해도 다른 정치 세력에서 대통령이 선출된다는 건 자명한 사실이다. 참여민주주의가 활화산처럼 일어남에도 현시대의 민주주의 제도는 국민의 삶을 확연히 바꾸어 주지 못한다.

국민 모두가 바라는 민주주의 제도는 후손이 사는 미래에도 현재진행형이었다. 21세기의 민주주의보다는 더 나은 보완책들이 생겨 국민의 참여를 극대화했다는 점은 달랐다. 다만, 부패하고 조악한 지도자를 믿고 의지하는 것보다 더 나은 지도자를 바라는 2016년도를 사는 국민들의 노력이 대단해 보였다.

삑삑…… 삑삑…… 타임머신의 알림등이 울렸다. 남은 시간에 대한 경고였다. 후손은 큰돈을 지불하고 타임머신을 48시간 대여했는데, 벌써부터 경고등이 울리며 시침은 -12H를 가리켰다.

시간 대비 가장 싼 타임머신을 골랐더니 고장이 난 모양이다. 후손은 콘텐츠 코드(code)로 요리를 골라 과거로 왔지만, 버전 1의 타임머신이 다른 해석을 내려 여기까지 왔다는 생각이 드니 미묘한 감정이 몰려왔다.

후손은 그래도 정신 차려야 했다. 아직 12시간은 남았다. 원래 날이 뜨면 청와대 주방으로 갈 작정이었다. 요리백서를 얻기 위한 마지막 도전이었다. 하지만 후손은 주저했다. 과연 청와대 주방에서 만들어지는 음식이 '자신이 진정으로 원하는 음식일까?'라는 의구심이 들었다. 지탄의 대상이 된 청와대의 음식은 더 이상 매력이지 않았다. 국가 최고 위정자를 위한 음식은 주방의 생기부터 다를 거라고 믿었지만 지금은 초상집과 다를 바 없었다. 후손의 귓가에 여전히 맴도는 100만 국민의 함성도 청와대 주방이 심리적으로 멀어진 이유이기도 했다.

이제 후손은 어디로 갈지 결정을 내려야 했다. 후손은 다시 현시대의 인터넷에 접속했다. '맛집'을 검색어로 넣으니, 수백 개가 나왔다. 몇 분여를 헤매다가 맛집이 몰려 있는 전통시장으로 정하는 것이 합리적이라고 생각했다. 후손은 해가 뜨자, 광화문 광장과 그리 멀지 않은 전통시장으로 갔다. 그곳엔 광장에서 봤던 '국민'이 있었다.

후손에게 익숙한 모습들이었다. 전을 부치는 할머니, 국밥을 배달하는 청년, 떡볶이를 먹는 어머니와 꼬마…… 모두 전날, 광장에서 봤던 얼굴들이었다. 다른 점은 그들의 얼굴에 일상이 주는 평상심이 묻어 있다는 것이었다. 전을 부치는 할머니의 얼굴에는 정이 넘쳤다. 구두 가게 아저씨에게 국밥을 전하는 청년의 얼굴에는 보람꽃이 피었다. 꼬마의 입에 묻은 빨간 양념을 닦아 주는 어머니의 모습엔 사랑이 담겨 있었다.

후손은 이러한 국민들이 어제는 열정적인 투사였다는 게 도무지 상상이 안 됐다. 그리고 괜스레 마음이 미어져 왔다. 국민이 원하는 삶의 의미는 이렇게 단출한데, 대통령은 권력이 주는 쾌락에 취해 있었기 때문이었다.

시장 구경을 마친 후손은 음식들이 만들어지는 과정을 태블릿 노트에 빠짐없이 적었다. 그리고 시간을 확인하곤 재빨리 다시 타임머신에 올라탔다. 버전이 낮은 타임머신을 빌린 탓에 궁극의 요리백서는 결국 얻지 못했다. 하지만 후손은 의외로 섭섭지 않았다. 주머니 속 태블릿 노트에 쓰인 빈대떡 조리법이면 퍽 만족할 수준이라고 느껴졌다.

그보다 후손은 빨리 집으로 가고 싶은 마음이었다. 후손은 보도영상 박물관에 갈 계획이었다. 박물관에서 2016년 12월 이후의 대한민국 뉴스를 찾아보고 싶었다. 촛불집회 이후의 대한민국 모습이 너무 궁금했다. 어제 광화문에서 큰 카메라를 메고 다니는 기자들이 찍은 영상이 남아 있을 것이라는 확신이 들었다. 물론, 후손은 그 결과에 대해 예측할 수 있었다. 후손은 역사 시간을 통해 대한민국은 '정의가 반드시 승리하는 사회'라고 배운 기억이 난 까닭이었다.

이제 타임머신은 광화문 광장에서 출발을 위한 엔진 예열을 시작했다. 후손은 마지막으로 광화문 광장을 눈에 담아 보았다. 광장의 탁 트인 잔디밭을 보고 있자니, 저절로 미소가 머금어진다. 그리워질 수도 있겠다. 그래도 후손은 '희망의 과거'를 봤기에 행복했다.

리턴 버튼을 힘차게 눌렀다. 그와 동시에, 대한민국도 다시 정상으로 가는 리턴 작업이 시작되었음은 물론이었다.

● REC

멈췄던 3년, 그리고 나

"헉헉…… 아후……." 숨이 턱까지 차오른다. 내 몸 밑바닥에 있는 힘까지 쥐어짜 내며 앞사람의 발만 보며 따라간다.

"똑바로 안 걷나? 그러다 넘어진다. 똑바로 발맞춰 걸어."

"13번 훈련병, 정신 차려. 그래서 나라를 지킬 수 있겠나?"

조교가 소리친다. '그래서 나라를 지킬 수 있겠나? 나라를 지킬 수…….' 대한민국을 지키는 군인이 되기 위해서 그 높은 산을 군장을 메고 넘었다. 그랬다. 10여 년 전에 나는 그랬다. 지금 내가 오르려는 산은 내가 지켜야 했던 대한민국, 그 대한민국이 지켜 내지 못한 사람들의 아픔이 있는 그 장소가 보이는 곳이다. 세월호를 가장 가까이 볼 수 있는 섬, 그 섬에 있는 산을 오른다. 속으로 되뇌었다. '힘들다…… 힘들다…… 오르기가 힘들다. 마음이 힘들다.' 불편한 진실과 마주하고 싶지 않았다. 피하고 싶었다. 산을 오르는 건 같지만 희망찬 기운을 뿜어낸 수년 전과는 다른 마음에 힘들었다. 하지만 그 길을 올랐다. 그 이유는 대한민국의 아픔을 치유하기 위해, 그리고 불편하고 피하고 싶은 진실을 마주하게 하는 것이 언론이기 때문이다.

동거차도로 들어가는 배 위 모습

2014년 4월 16일 세월호 침몰은 대한민국에게 아픔이다. 수많은 어린 꽃잎들을 잃었다. 그 아픔의 결정체인 세월호를 3년이 지나 인양한다는 소식이 들렸다. 갑작스러웠다. 동거차도로 들어가는 배는 하루에 하나였고, 그 배를 타기 위해 수많은 언론이 팽목항에 있는 선착장에서 배가 오기를 기다렸다. 3년 전에도 동거차도를 찾았던 나였기에 익숙한 풍경일 수 있지만, 대중들이 세월호를 잊은 듯이 지내듯 나 또한 일상 속에서 잊고 살았다. 3년 전으로 돌아간 기분이 들었다.

배에 탑승하고 긴 뱃길을 지나 동거차도로 들어갔다. 동거차도는 그대로였다. 세월호가 보이는 해역을 올라가는 산길 또한 그대로였다. 올라가는 길목에 몇 분이 서 있었다. 그중에 한 분이 막아섰다. "못 올라가요, 안 됩니다." 뭐지, 이 사람은? "왜요?"라고 물었다. 그분에게서 돌아온 대답은 "3년 동안 언론들이 저희한테 어떻게 했어요? 뭐, 이제 인양한다고 하니까 구경거리가 생긴 거요?" 아무 말도 못 했다. 그분은 단원고 학부모였다. 세월호를 타고 수학여행을 떠나다 변을 당한 그 어린 꽃잎의 아버지였다. 3년 동안 나는 세월호를 잊고 살았다. 그게 내 마음이 편해서 일 것이다. 변명하고 싶지 않았다. 가만히 우두커니 그분 앞에 서 있었다. 내가 잊고 지냈던 3년 동안 이분들은 2014년 4월 16일에 계속 살고 계셨다. 그분의 말은 단호했고 한동안 이어졌다. 아마도 세상에 쏟아 내는 말일 것이다. 꽤 긴 시간 이후에 제한된 인원만 산을 오르는 것을 허락하셨다.

동거차도로 들어갈 때 해역 모습

동거차도 산 정상에서 세월호 침몰 지점을 지켜보는 언론사

산길 중간중간 노란 리본들이 보였다. 올라가는 길을 표시해 두려고 유가족분들이 붙여 놓은 것으로 보였다. 숨이 턱턱 차오르는 가파른 길을 올라 정상에 다다랐을 때, 내 앞에 있는 바다보다 그 옆 움막 3개가 먼저 눈에 들어왔다. 세월호 유가족분들이 돌아가면서 움막에서 생활하며 세월호 해역을 지켜보고 계셨다. 비바람이 불고, 무더위와 강추위가 와도 그곳을 지키고 계셨으리라…… 이분들이 긴 시간 동안 이곳을 지키는 동안 세상은 흘러갔다. 그 3년이라는 세월이 흘러 인양하는 시기가 되자 언론들이 이곳을 다시 찾았다. 과거에 사는 사람들에게 현재에서 온 사람들이 불편하고 못마땅해 보였을 것이다. 삼각대를 세우려 자리를 잡으려는데 날카로운 반응들이 쏟아졌다. 하지만 그 반응이 나는 충분히 이해가 되었다. '나는 무슨 자격으로 이곳에 있는 것인가…….' 조심히 움막을 지나쳐 앞으로 걸어가 자리를 잡았다. 세월호

가 침몰한 해역이 보였다. 멋진 바다 풍경이 보였다. 역설적으로 그 풍경이 아름다웠다. 대한민국의 슬픔이 모여 있는 바다였지만 고귀해 보였다. 3년 전 부표가 보였던 자리에는 인양하기 위한 바지선 몇 대가 보였다. 그리고 주변에는 해경 배와 작업선들이 보였다. 망원렌즈로 렌즈를 교체한 후 최대한 줌인을 해 인양 작업이 한창인 현장을 뷰파인더를 통해 봤다. 한참 동안 멍하니 그 모습을 보고만 있었다. 머릿속엔 '나는 무슨 자격으로 이곳에 왔을까?' 하는 생각만 계속 떠올랐다.

영상 기자는 세상을 바라보는 관찰자이다. 관찰자는 관찰만 하는 방관자인가. 3년 전에 왔다가 세월호에 대해 무관심하게 세월을 보낸 후 다시 관찰자로 돌아온 것이 내게 주어진 책무를 다하는 것인가. 자괴감이 끓어올랐다. 그 순간 세월호 유가족 중 한 분의 목소리가 들렸다.

"꼭 이번에 인양하게 해 주세요. 사람들이 관심을 가지게 해 주세요. 부탁드립니다."

'사람들의 관심……'이라. 미디어는 대중에게 의제를 설정하고 공론화시키는 역할을 한다. 그렇다. 영상 기자는 눈앞에 보이는 사실을 알려야 하는 의무가 있는 것이다. 영상에 담아서 사람들이 알게 해야 한다. 단순한 명제이다. 보도사진 작가그룹인 매그넘 포토스를 설립한 '로버트 카파'는 전쟁의 참상을 알리기 위해 전쟁에 참전해 보도사진을 남겼다. 사진을 통해 전쟁의 잔혹함을 알리고 전쟁이 일어나지 않기를 원했을 것이다. 그래, 지금 이 순간에 충실하자. 지금 이 순간을 알차게 담자. 그게 지금 내가 해야 할 일이라고 그 순간 되뇌었다. 세월호와 마주하게 하는 것이 언론이다. 대한민국엔 아픔이지만 그 아픔을 마주해야 치유가 된다.

3년의 무관심에 대해 속죄하듯이 몇 번이고 며칠이고 계속 올라갔다. 인양 작업을 하는 순간순간을 담았다. 심해에 가라앉아 있는 세월호는 그 자리에서 기다린 시간만큼이나 끌어올리는 작업이 순탄치만은 않았다. 파도가 약한 소조기 때 세월호를 바다 위로 올려야 하기 때문에 낮과 밤을 가리지 않고 작업이 이루어졌다. 세월호가 조금씩 위로 끌어올려질수록 대중들의 관심 또한 커졌다. 인양 작업이 진행되는 동안 수차례 산 정상을 오르며 인양이 실패하지는 않을까 하는 걱정과 함께 세월호가 바다 위로 오르고 감당하기 힘든 진실과 마주하게 되지 않을까 하는 두려움이 교차했다. 여러 생각이 떠올랐다.

세월호가 물 위로 모습을 드러냈다는 사실을 접하고 오른 새벽 산행길, 가슴이 뛰었다. 그 순간만을 기다려 왔지만, 역설적으로 평소보다 시간이 더 걸려 산 정상에 도착했다. 산 정상에서 본 바다 풍경은 평소와 같아 보였다. 뷰파인더에 눈을 대고 망원렌즈를 통해 최대한 줌인을 해 인양 작업 현장을 세심히 봤다. '세…… 세월호다.' 3년 동안 가라앉아 있던 세월호가 보였다. 먹먹했다. "이렇게 며칠 만에 할 걸 3년 걸렸어…… 3년." 세월호 유가족분의 말이 들렸다. "아직 끝난 게 아니야. 아직 많이 남았어. 육지까지 올려야 되고 미수습된 애들도 찾아야 해." 세월호가 물 위로 올라왔지만, 아직 많은 작업이 남은 상태였다. 세월호를 더 끌어 올려 반잠수정에 옮겨야 했고 그 이후에 목포신항으로 이동시켜야 했다. 세월호가 반잠수정에 옮겨지는 과정까지도 긴 시간이 걸렸다. 반잠수정에 옮겨지는 그 순간까지 내 카메라에 담았다.

해수면에서 조금씩 올려지는 세월호

동거차도에서의 일주일에 시간을 보내고 다른 팀과 교대해 나가게 될 아침, 산 정상에 다시금 올랐다. 반잠수정에 올려져 있는 세월호가 눈에 들어왔다. '저기까지 일주일밖에 걸리지 않았구나!'라고 속으로 되뇌었다. 그 순간 소나기가 갑자기 쏟아졌다. 비에 흠뻑 젖은 우리를 유가족분들이 움막 안으로 불렀다. 누룽지 한 그릇을 하라며 누룽지를 내미셨다. 그 한 숟가락에 내 몸이 따뜻해졌다. 처음 동거차도에 도착했을 때 싸늘한 반응을 보였던 어린 꽃잎의 아버지가 미소를 지며 "따뜻하죠?"라고 물었다. "네, 몸이 사르르 녹습니다."라고 대답하고는 한 그릇을 말끔히 비웠다. 누룽지 하나에 내 몸이 따뜻해지듯 일주일간 대한민국 국민도 세월호가 심해에서 올라오는 모습을 보며 가슴 속에 끓어오르는 뜨거움으로 가득 찼으리라…….

애써 외면하려 했던 그곳, 아픔을 피하고 싶었던 나와 그곳이 만나는 순간 나에게 먹먹함이 찾아왔다. 3년간 잊어 왔던 바다 한복판 깊숙한

곳에 숨겨져 온 진실, 감추려 해도 감춰지지 않았던 그 진실, 침몰한 세월호와 대한민국의 슬픔이 올라오는 순간, 그 순간을 영상에 담았다. 그게 영상 기자의 운명이다. 10년여 전에 이 나라를 지켜야 했던 내가 지금 이 순간은 이 나라를 치유하게 했으리라 믿는다.

● REC

들리지 않는 목소리

"나 아저씨 보기 싫어, 진짜로. 아저씨 죽으면 좋겠어. 그게 내 소원이야."

"아저씨는 장애인이야. 팔, 다리, 얼굴, 귀, 입, 특히 입하고 귀가 없는 장애인이라고. 미친 사람이야."

초등학생이 50대 운전기사에게 했다고 믿기 힘든 이 목소리가 세상에 나온 날 대한민국은 로열패밀리의 갑질에 다시 한번 울분을 토했다. 특별한 설명도 없는 '조선일보 사장 손녀 녹취록'이라는 제목의 1분 40초짜리 음성 파일의 위력은 대단했다. 일주일도 지나지 않아 대한민국 최고 권력 언론사라고 할 수 있는 조선일보의 회장 아들을 현 직책에서 내려오게 했다. 위 사례에서 알 수 있듯이 보도에서 목소리(싱크)는 강력한 무기 중의 하나이다. 지면 매체에서는 흉내 낼 수 없는 생생함이 묻어 있기 때문이다. 뉴스에서 목소리는 화자의 감정, 상황 등 모든 정황들이 시청자들에게 직접 전달된다. 그렇다 보니 시청자들은 더 자극적이고 더 확실한 목소리를 듣기 원한다. 이에 기자들은 더 자극적인 특종을 본능적으로 찾아 헤매게 되는 아이러니에 빠진다.

미디어오늘 유튜브 캡처

가끔 시청자 입장에서 뉴스를 보다 보면 세상은 자극적인 목소리들의 연속인 것만 같다. 뉴스가 그렇다 보니, 이러한 자극의 연속인 현장을 누비다 보면 기자로서 지치기도 하고, 무력감이 든다. 세상은 엄청난 자극으로만 이루어져 있는 것이 아니라는 것을 현장의 기자들은 취재 경험을 통해 본능적으로 느끼기 때문일 것이다. 인생의 희로(喜怒) 그리고 애락(哀樂)을 기사에 담고 싶지만 슬프고 분노할 자극적인 사건·사고가 끊임없이 터지는 대한민국에서 인생의 다양한 맛을 담아내는 기사를 만들어 낸다는 것이 생각보다 쉽지는 않다. 그러다 작지만 진정성 있는 이야기를 만날 흔치 않은 '기회'들이 생긴다. 자극적이지는 않지만 가슴을 울리는 목소리를 만나는 순간이 있다. 조금이나마 인생을 배울 수 있었던 들리지 않는 목소리를 소개해 볼까 한다.

장애인에 대한 뉴스는 기자들에게 흔하다고 하면 흔한 뉴스이다. 장애인들이 겪는 어려움을 지적하고 그에 대한 해법들을 생각해 보는 구조로 단순하다. 매일 기사를 작성하는 기자 입장에서는 어찌 보면 가볍게 치부할 수 있는 아이템들이다. 차강석 씨를 만나기로 했던 날에는 장애인 콜택시가 턱없이 부족하다는 주제로 뉴스를 제작하고 있었다. 오전에는 장애인 콜택시를 운영하는 서울시 시설관리공단을 찾아가 문제가 되고 있는 사항에 대한 해명을 듣고, 이어서 첫 번째 사례자를 만났다. 예산 문제로 인한 어쩔 수 없다는 공단 측의 말과 이용이 너무 불편하다는 장애인 측의 인터뷰를 어렵지 않게 들었다. 순조롭게 오전 취재를 마치고 점심 식사를 한 뒤, 두 번째 사례자를 만나러 보도차에 올라탔다.

교통 흐름까지도 순조로웠던 그날은 세 번째 목적지에 생각보다 일찍 도착했다. 취재 기자 후배가 조금 일찍 도착한 것을 인터뷰 당사자에게 알리고, 곧 인터뷰를 시작하게 될 줄 알았다. 잠시만 시간을 달라고 했던 차 씨는 30여 분이 지나도록 연락을 주지 않았다. 무언가 잘못되었다는 것을 본능적으로 느낄 수 있었다. 그 후로도 10여 분간의 실랑이 끝에 그를 만날 수 있었다.

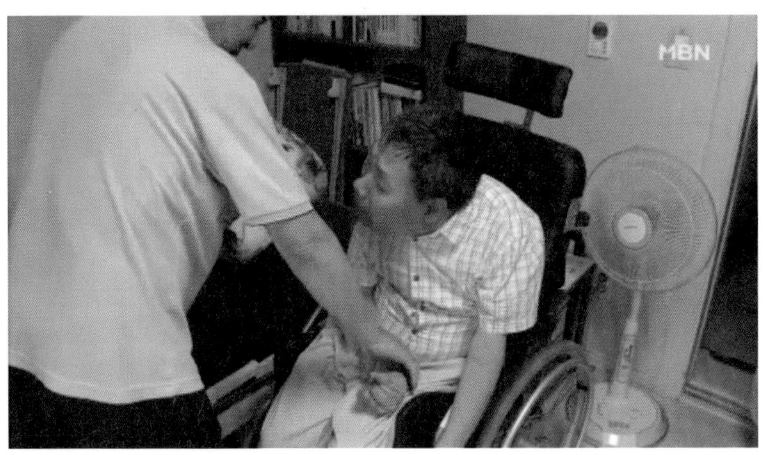

취재 준비 중인 차강석 씨 MBN 뉴스8 캡처

차강석 씨는 뇌성마비로 인해 전신을 제대로 움직일 수 없고, 말도 제대로 못 하는 상태였다. 차 씨를 처음 만났을 때, 그는 조금 흥분되어 있는 상태였다. 부정확한 발음과 거친 숨소리만으로도 그가 많이 화나 있다는 것을 느낄 수 있었다. 우리는 잘못한 것이 없는데 왜 저럴까 하는 생각이 들 때쯤 차 씨의 생활보조 선생님의 해명을 들을 수 있었다. 섭외를 도와줬던 복지관에서 우리를 신문 매체로 소개했다는 것이다. 한 번 몸을 움직이려면 엄청난 에너지와 시간을 소모해야 하는데, 신문이라서 옷을 제대로 갖춰 입지 않았다는 것이다. 그것이 이렇게까지 화를 낼 이유인가 하는 생각이 들었지만, 인터뷰를 부탁하는 입장에서 연신 죄송하다는 말을 꺼내며 빨리 인터뷰가 진행되기를 바랐다. 서로의 오해가 어느 정도 풀린 후 옷을 갈아입어야 하니 잠시만 밖으로 나가 달라고 부탁을 받았다. 또 기다려야 하나라는 짜증이 났지만 일정이 진행됨에 안도하며 마루로 나가 기다렸다.

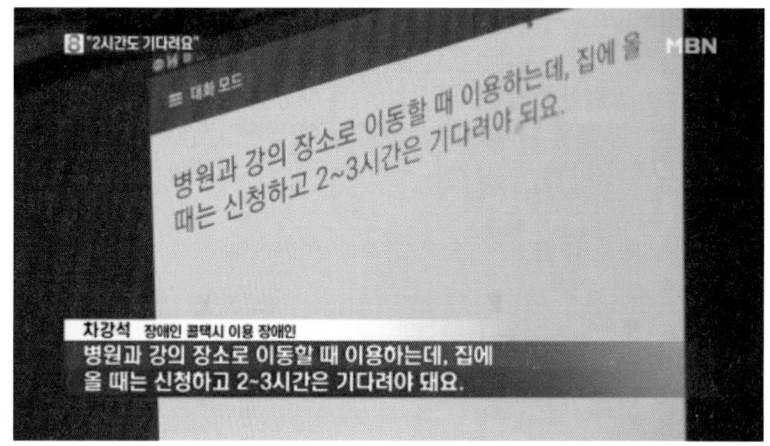

컴퓨터를 이용해 소통하는 모습, MBN 뉴스8 캡처

십여 분의 시간이 흐른 뒤, 그는 처음과 다른 말끔한 모습으로 취재진을 맞이했다. 그가 작업을 한다는 컴퓨터 앞에 앉아 인터뷰를 진행하려고 할 때, 그제야 마이크가 필요 없음을 인지했다. 그는 우리에게 자신의 의사를 전달할 수 있을 만큼의 발음을 낼 수 없는 상태였기 때문이었다. 차 씨는 당황하는 우리를 향해 컴퓨터 모니터에 "걱정 마세요. 컴퓨터를 통해 대화할 수 있어요."라는 말을 건넸다. 이렇게 목소리 없는 대화가 시작되었다.

취재 기자와 카메라 위치를 확보한 뒤 본격적인 인터뷰가 시작되었다. 너무나 자연스럽게 우리가 듣고 싶은 질문을 던졌다. 그러나 화면 속 첫 멘트는 우리가 원하는 내용이 아니었다. "여러분, 모두 만나서 반갑습니다. 첫 대면에 소란이 있었던 점에 대해서 사과드립니다." 그 문구를 보는 순간, 아차 싶었다. 우리도 하지 않은 첫인사를 인터뷰 당사자가 먼저 건넨 것이다. 인터뷰 성사 여부 문제 때문에 활동보조 선생님과만 인사를 주고받았던 것이다. 그리고 이어진 그의 말(글)은 취재진이 무슨 잘못을 했는지 단번에 깨닫게 해 주었다. “저는 장애인이기 전에 한 사람의 인간입니다. 카메라에 아무렇게나 나오고 싶지 않습니다. 깔끔한 옷을 입고 단정한 모습으로 촬영에 임하는 것이 최소한의 예의라고 생각했습니다. 오래 기다리게 해서 죄송합니다.” 그의 음성도, 타자 치는 소리도 들리지 않던 방 안은 고요한 정적만이 흘렀다. 우리는 그의 상황에 대해 전혀 배려를 하지 않았던 것이다. 전문가들을 섭외해 인터뷰할 때면 당연히 인터뷰하는 사람의 옷과 얼굴 상태, 주변 환경까지 생각하는 것이 취재의 기본이다. 카메라가 익숙지 않은 점을 고려해서 분위기를 자연스럽게 만들며 긴장을 풀어 주는 것도 현장 기자들이 해야 할 일이다. 그런데 인터뷰를 해야 하는 당사자가 준비할 시간마저도 우리는 주지 않았던 것이다.

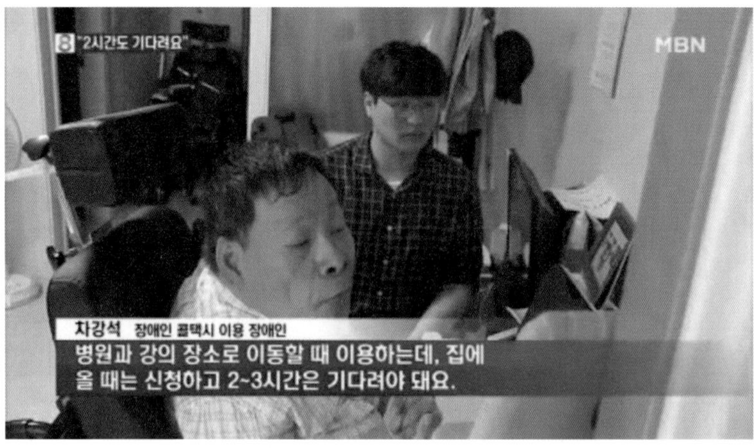

취재 중 모습, MBN 뉴스8 캡처

한 명의 인간으로서 인정받고 싶다고 했던 그의 말에서 우리가 근 1시간 동안 그를 어떻게 대했는지 되뇌었다. 그는 우리에게 인터뷰를 해주는 대상이었다. 장애인의 어려움을 주제로 삼아 리포트를 제작하니 장애인들은 우리를 당연히 도와줘야 하는 것이었다. 그가 인간이고, 성인이며, 카메라에 자신의 모습이 어떻게 찍힐지 걱정하는 일반 시민이라는 생각을 한순간도 하지 않았던 것이다.

인터뷰하는 모습

우리는 곧바로 그에게 사과했다. 나는 진심으로 그에게 잘못을 구했다. 카메라를 들고 있는 사람으로서, 그런 세세한 면을 준비하지 못하고, 이해하지 못했다는 점에 대해 용서를 구했다. 그의 목소리는 내 귀에 들리지 않았지만, 나의 가슴속에는 그 어떤 목소리보다 그의 음성이 크게 울리고 있었다. 그는 모니터를 통해 이해한다는 메시지를 전달했다. "다들 그러세요. 너무 미안해하지 마셨으면 좋겠습니다. 서로가 잘못한 것이니 서로 이해하면 되는 것이죠." 그렇게 들리지 않는 모니터를 통한 인터뷰가 이어졌고, 평범한 듯 평범하지 않은 장애인 관련 뉴스가 완성되었다.

우리 사회에서는 목소리 큰 놈이 이긴다는 말이 있다. 너 나 할 것 없이 목소리의 크기만을 신경 쓰며 살아간다. 내가 남보다 더 크고, 더 큰 힘을 가졌다고, 혹은 갖고 싶다고 말한다. 하지만 차강석 씨의 들리지 않던 목소리는 그 어떤 큰 목소리보다 내 가슴속에 더 깊고 오래 남아 있는 듯하다. 사람을 사람으로 대해 달라던 어쩌면 당연한 그의 요구를 말이다. 하지만 취재 현장에서 아니면 일상생활에서도 나 역시도 그의 말소리를 잊고 살아가곤 한다. 그럼에도 불구하고 이 세상에는 큰 목소리보다 소중한 작은 혹은 들리지 않는 목소리가 있다는 것을 잊지 않고 살아가야겠다고 다시 한번 다짐해 본다.

● REC

선(線)을 따라 흘러간 추억 여행

등줄기가 오싹해졌다. 입은 바싹 타들어 갔다. 오디오맨은 이미 하얗게 질려 있었다. 재빨리 카메라 속 영상을 확인해 본다. 없다. 카메라 메모리카드를 실수로 포맷했다는 오디오맨의 떨리는 음성이 들려왔다. 애꿎은 카메라 전원 스위치를 수차례 끄고 켜 본다. 영상은 당연히 존재하지 않았다. 오늘 취재했던 영상이 깡그리 사라졌다. 뒷수습을 하려니 뒷골이 당겨 왔다.

포맷된 메모리카드를 복원하기엔 물리적 어려움이 따랐다. 별도의 제조사 장비가 필요했고, 복원 시간도 많이 걸렸다. 재촬영하는 게 답이었다.

현장으로 다시 가는 차 안. 벌써 땅거미가 내려앉았다. 피곤이 엄습하자 내 눈은 가느다래졌다. 시간의 부족만큼, 기사님의 발은 액셀을

깊게 밀었다. 자연스럽게 차창 밖은 빠르게 스쳐 지나갔다. 띄엄띄엄 있던 불빛들이 분주하게 선(線)을 만들어 나갔다. 게슴츠레한 내 눈동자에 '불빛 선'이 더욱 명징하게 비추어졌다.

'그래…… 선! 테이프라면 이 사단까진 안 갔을 텐데…….' 공대 공부는 젬병이었지만, 기특하게도 나는 불빛이 만들어 낸 선을 보자, 선형(線形) 방식의 테이프를 생각해 냈다. 영상을 송두리째 날려 버려 생긴 스트레스도 한몫 거들었을 터. 가뜩이나 디지털 장비의 수혜를 톡톡히 보고 있으면서도 푸념이 절로 나온 것이었다. 물론 메모리카드의 효용성을 비하하려는 의도는 없었다. 우리의 일은 얼마나 편리하게 진일보시켰는가. 하지만 쉽게 쓸 수 있는 만큼, 쉽게 잃어버리기도 한다. 버튼 한 번에 모든 영상이 없어진 지금처럼…… 테이프는 단 한순간에 모두를 지우는 법이 없다. 덮어씌웠다면 그 부분만 잃어버린다. 전체를 잃어버리기 위해서는 모든 부분을 다른 영상으로 덮어씌우는 수밖에 없다.

2000년대 후반부터 ENG카메라에 도입된 메모리카드 저장 방식

현장에 도착하려면 시간이 더 남아 있었다. 기특했던 내 머리는 이제 나를 추억 속으로 인도했다. 그새 선을 통해 시작된 연상 작용은 내 머릿속을 선에 관한 추억들로 꽉 채웠다. 추억 여행의 목적지는 나의 신입 시절이었다.

"나는 짱이 될 거야!" 호기로운 시기였다. 나의 입사를 축하해 주기 위해 모인 친구들과의 술자리. 전쟁을 앞둔 장수마냥 친구들에게 포부를 밝혔다. 어느 영상 기자보다 영상 취재를 잘하겠다는 의지였다. 하지만 이 출정식은 허울에 불과했다. 난 동기 중에 가장 실력이 뒤떨어졌고, 마음만 급해 사고 치기 일쑤였다. 밤늦게까지 선배들에게 꾸지람을 들어야 했고, 풀이 죽어 말수까지 줄었다. 영상 기자가 적성에 안 맞는 것을 아닐까 하는 의구심까지 생겨났다. 그때쯤이었다. 내 앞에 커다란 선(線)이 하나 그어졌다. 실제로 보이진 않지만, 내 가슴속에는 확연히 그어져 있는 선. 그 선 안쪽에 나는 혼자 놓여 있었다. 선 바깥쪽에는 선배들이 모여 있었다. 나는 선을 넘어 선배들에게 다가설 용기와 능력이 없었다. 거대한 장벽과도 같은 그 선은 나를 계속 비루하게 만들었다. 내가 넘을 수 없었던 선을 넘어선 선배들이 부러웠고 존경스러웠다. 매사 어느 취재건 자신감이 넘쳐 보였고, 영상 또한 훌륭했다.

아이러니하게도, 옹졸한 나를 선 가까이 이끌어 준 것도 선배들이었다. 선배들은 내게 용기를 불어넣어 주었고, 자기 시간을 쪼개어 영상 취재의 기본을 다시 가르쳐 주었다. 겸손하게 일을 하되, 자신감은 꼭 지니고 있어야 한다는 것도 배울 수 있었다. 조금씩 실수가 줄어들면서 재미를 느낄 수 있는 날이 많아졌다. 어려운 환경에서 취재한 영상이 주는 보람도 알아갔다.

그 덕분에 지금 순간에도 사건·사고 현장에 내가 있을 수 있었다. 그렇다고 내가 선배들처럼 프로라고 말할 수 있는 그 선을 넘었는지 아직 확신하지는 못한다. 하지만 나의 신입 시절의 한계와 자만을 깨닫게 해준 선의 존재에 지금도 정말 감사하게 생각하고 있다.

신입 시절의 필자 모습

이번엔 실체적 선(線)에 관한 추억 이야기다. 포토라인. 우리에게 친숙한 이 선은 우리들의 약속이자 룰이다. 포토라인을 벗어난 취재 행위는 반칙이다. 따라서 포토라인을 이용한 자리 경쟁은 우리의 숙명이다. 보통은 포토라인을 서로 잘 지키기 때문에 큰 언쟁이 없다. 하지만 나의 신입 시절에 포토라인 문제로 타 종편 스태프와 한판 붙은 적이 있었다. 나는 현장에 먼저 와서 포토라인에 트라이포트를 세워 놓았다. 그 후, 타 종편 촬영 스태프가 내 트라이포트에 너무 가까이 자신의 트라이포트를 붙여 놓았다. 내 카메라 화각을 조금 가리게 된 것이다. 언쟁은 거기서 시작되었다.

나는 그쪽의 트라이포트가 내 화각에 방해가 되니 좀 떨어져서 세워달라고 부탁했다. 그는 방해될 것이 없는데 내가 심술을 부린다고 생각한 모양이었다. 서로 대화가 안 되니, 곧이어 고성이 오갔다. 그때 그 촬영 스태프가 "너 몇 년 차야?"라며 나이를 운운하며 따지고 들었다. 어이가 없었다. 그 사람은 나보다 나이만 많을 뿐, 기자 경력은 미천한 사람이었다. 무엇보다 불리해지니, 나이를 들먹이는 모양새가 여간 성가실 수 없었다. 나는 "네가 기자냐!" 하며 쏘아붙였다. 답을 하지 못한 그가 성만 내고 있었다. 옆에 있던 타사 기자가 말려서 언쟁은 일단락이 되었지만, 그 후 각 회사 정보 보고에 그 언쟁이 올라간 모양이었다. 자연스럽게 우리 회사에도 이 에피소드가 급속도로 퍼졌다. 더욱이 타 종편들은 기자 경력이 없는 사람들이 영상 기자를 하고 있어, 업계 전반적으로 우려를 하고 있는 상황이었다. 그 찰나에 내가 기자 신분이 아닌 사람이 취재윤리에 대해 논한다는 것에 통쾌하게 한 방 먹인 셈이 되었다. 다툼에도 불구하고 격려와 칭찬을 받았던 기억이 난다. 이 다툼의 원인은 포토라인에 있다. 포토라인 규칙에 입각해 나는 정당하게 내 권리를 주장했다. 문제는 타사 촬영 스태프가 포토라인 규칙을 잘 몰랐던 것이다. 그 후에도 나는 수많은 포토라인을 접하며 취재하고 있다. 지금까지 어떠한 마찰도 없었다. 이렇게 시간이 지난 지금, 그 촬영 스태프가 그때의 일을 어떻게 기억할지 자못 궁금하다. 그가 나이 어린 사람과의 다툼으로만 기억한다면, 그는 여전히 포토라인의 보도준칙에 어두운 방송인일 것이다.

포토라인을 지키며 취재하는 기자들

짜장면은 우리가 가장 자주 먹는 메뉴다. 누구나 좋아하고 간편하게 식사를 할 수 있다. 짜장면은 잘 비벼 젓가락으로 면을 집어 먹는 게 보통이다. 이러한 면은 선(線)이다. 나는 짜장면을 면, 즉 선으로 먹지 않고 덩어리째로 먹은 추억이 있다.

수습 시절이었다. 인천에서 일어난 사건을 챙기라는 지시를 받았다. 추석을 앞두고 성묘를 하다가 친척끼리 싸움을 했다는 게 취재 내용이었다. 방송 시간까지 빠듯할 것 같아 점심을 거른 채 경찰서로 향했다. 도착하자마자 허겁지겁 증거물을 촬영했다. 서툰 솜씨로 빠르게 촬영을 하려다 보니, 땀이 비 오듯 쏟아졌다. 옆에 있던 형사분이 티슈를 뽑아 건넸다. 땀 좀 닦고 하라면서 밝게 웃었다. 고마움도 표현 못 하고 촬영을 마치고 곧바로 사건 현장인 인천가족공원으로 갔다. 자동차가 진입이 힘든 곳이 사건 현장이라 꽤 걸어갔다. 예상보다 많은 시간을 소비하게 되어 심리적으로 크게 쫓겼다. 취재를 마치고 다시 경찰서로 돌아왔다. 당시에는 인천에 지사가 없어 경찰서에서 영상을 송출하는 게 가장 빨랐다.

경찰서 도착 후에 급히 노트북을 꺼내 송출 작업에 열중했다. 티슈를 건넸던 그 경찰이 내게 와 식사는 했냐며 물어봤다. 바로 전, 취재 기자와 내가 밥도 못 먹었다며 서로 투정한 이야기를 들은 눈치였다. 자기가 짜장면을 배달시켰으니 먹고 가라는 것이었다. 얼마 지나지 않아 짜장면이 배달됐다. 특유의 춘장 냄새가 사무실 전체를 메웠다. 코가 반응하니, 배는 급속도로 허기졌다. 일을 빨리 마치고 짜장면을 먹고 싶었으나 노트북이 말썽이었다. 영상을 파일화하는 과정에서 노트북은 계속 멈췄다. 시간은 길어지고 짜장면은 불고 있었다. 결국 배달된 지 한 시간을 훌쩍 넘어선 다음에야 짜장면과 마주했다. 어렵게 만난 짜장면이었지만 문제가 또 발생했다. 짜장면이 안 비벼지는 것이었다. 퉁퉁 불어 나무젓가락을 꽂으면 덩어리째로 달려 나왔다. 배가 너무 고픈지라 할 수 없이 빵처럼 씹어 먹기로 했다. 그래도 꿀맛이었다. 절반가량 덩어리째로 먹으니, 자장면 줄기가 하나둘씩 풀려 선으로 변했다. 그제야 젓가락질이 가능해졌다.

아쉽게도 덩어리 짜장면은 그때가 처음이자 마지막이었다. 하물며 그 뒤로 단 한 번도 경찰서에서 짜장면을 먹어 본 적이 없다. 경찰서 취재 문화가 급격하게 바뀐 게 이유였다. 특히, 영상 기자와 경찰과의 관계는 예전보다 피상적으로 흘러가고 있다. 우리는 경찰서에 들러 취재만 하고 가야 하는 상황이 대다수다. 또 다른 취재가 다닥다닥 붙어 있기 때문이다. 서로의 안부를 물으며, 차 한잔할 수 있는 여유가 없다. 사건 뉴스는 영상 기자의 역할이 가장 큰 분야다. 역할에 충실하려면 경찰이라는 취재원과의 교류는 필수다. 하지만 현실적으로 녹록지 않은 부분이 아쉽다. 불은 짜장면은 경찰의 따뜻한 정이었다. 상대를 진정으로 바라봐 준 매개체였다. 어쩌면 불은 짜장면은 영영 맛볼 수 없을지 모른다.

취재 현장에 짜장면을 배달해 식사하는 기자들

"선배, 도착했어요." 보도차가 서자 오디오맨 목소리가 들려온다. 잠시나마 추억 여행이라는 단꿈을 꿔서 그런지 개운했다. 다시 갔던 현장은 다행스럽게도 변함이 없었다. 메모리카드 안에 현장을 담았다. 현장은 디지털 신호로 바뀌어 차곡차곡 쌓였다. 신기하게 이런 디지털 신호는 다시 변환되어 TV 화면에 나온다. 기계적 절차에 따라 오차도 없이 실행되는 모습에 감정은 존재하지 않는다.

나의 신입 시절의 추억은 어떻게 쌓여 있을까. 머릿속에서 꺼내 보았지만, 가슴이 따뜻해진다.

코 밑은 괜스레 바람을 느끼는지 간지럽다. 센티함까지 더해지는 걸 봐선 내 추억은 꽤나 복잡한 구조로 이루어진 듯하다. 이런 감정도 시간이 흐르면 희미해질 것이다. 신입 시절의 추억을 내가 지천명을 넘겼을 때 다시 되새김한다면 이렇게 끄적일 수 있을까. 지금 같은 센티함도 느끼지 못하는 건 아닐까. 갑자기 지금 쓰는 추억 저장 작업이 감사하고 고맙게 느껴진다. 세월이 흘러도 이 글을 보며 내 신입 시절을 떠올리고 싶다. 그리고 지금의 순간도 너무 늦지 않은 미래에 적어야겠다. 메모리카드보다 훨씬 인간적인 나만의 글쓰기 저장 방법으로 말이다.

不動正史
부동정사

‘흔들림 없는 바른 역사관’

● REC

보도의 품격

– 영화 〈나이트 크롤러〉를 본 영상 기자의 소회

컴컴한 비행기 안. 비행기는 이따금씩 흔들린다. 터블런스가 발생했으니 자리에 착석하여 안전벨트를 착용해 달라는 안내 방송이 들려온다. 약간의 긴장감이 흐른 후 비행기는 이내 안정을 되찾고, 식사하며 시킨 남은 음료수를 한 모금 넘기며 조금은 흥분된 마음을 진정시킨다. 딱히 비행기 흔들림 때문은 아닌 것 같은데 출장에서 돌아오는 길은 이렇게 쉽사리 눈을 감지 못하는 경우가 많다. 마음을 다잡고자 노트와 펜을 꺼낸다. 출장 기간 동안 했던 취재 내용들, 먹었던 음식들, 다녔던 장소들을 하나하나 써 내려가 본다. 취재 기자와 세웠던 계획들이 효과적이었는지, 현장에서의 대응은 잘되었는지, 더 좋은 방법은 없었는지에 대한 생각들이 머릿속에 계속해서 맴돈다. 내가 촬영한 영상은 잘 저장되어 있을지, 노트북에 따로 백업을 해 놓았어야 했나, 촬영 과정에서 실수는 없었나 하는 걱정도 이따금씩 든다. 다시 돌아갈 수 없는 현장을 떠나는 모든 영상 기자들의 마음은 이처럼 구름 위 비행기보다 더 흔들릴 것이다.

이런 걱정과 후회의 시간이 지나고 조금의 피로감이 몰려올 때쯤 조금은 더 근본적인 물음에 봉착한 나를 발견한다. 출장의 의미, 영상 기자의 의미, 보도의 의미 그리고 언론의 책임. 이런 생각들이 머리를 가득 채울 때쯤이 되면 잠이 들기 마련이지만 그날따라 영화 한 편이 눈에 들어왔다. 〈나이트 크롤러〉, '당신이 본 뉴스는 진실인가?'라는 문구가 선명히 쓰여 있는 포스터의 영화. 뉴스라고 하면 막연한 호기심이 생기는 어쩔 수 없는 기자이다 보니 자연스레 플레이 버튼을 누르게 되었다. 영화 속 주인공은 영상 기자의 역할을 수행하고 있는 인물이었고, 영화 속 상황과 우리의 현실은 다른 듯 닮아 있었다. 순수하게 팩트만을 쫓아가기엔 녹록지 않은 현실이 영화에 투영되어 있었고, 우리는 어떻게 역할을 수행해야 하는지에 대한 의문이 생기기 시작했다. 흔들리는 현실에서 보도의 품격은 어떻게 지켜질 수 있는지에 대한 고민들이 떠오르는 순간이었다.

— 첫 번째 품격: 경쟁

〈나이트 크롤러〉의 주인공 루이스는 하루하루 먹고살기 위해 장물아비 생활을 하는 잡범이다. 나름 사업적 수완은 좋아 그럭저럭 생활을

〈나이트 크롤러〉 포스터 ⓒ ㈜스톰픽쳐스코리아

버텨 가지만 그 재주도 한계가 보이기 시작했다. 이래저래 퇴짜를 받고 빈손으로 집에 가는 길. 루이스의 눈을 사로잡은 교통사고 현장. 특종이 될 만한 사건을 카메라에 담아 방송국에 넘기는 일명 '나이트 크롤러'를 목격하게 된다. 누구나 찍을 수 있는 현장을 촬영만 하면 돈을 벌 수 있다는 구조는 루이스의 사업적 안목으로는 획기적인 아이템이었다. 나이트 크롤러 생활을 시작하기로 마음먹은 루이스가 마주한 현실은 생각보다 만만하지 않았다. 경찰들과 시민들의 경계와 동업자와 경쟁해야 하는 구조였던 것이다. 여러 차례의 우여곡절 속에 루이스는 다른 촬영팀이 포착하지 못한 생생한 사고 현장을 포착했고, 그 화면을 방송국에 판매하는 데 성공한다.

영화 〈나이트 크롤러〉 사건 현장 취재 모습 ⓒ㈜스톰픽쳐스코리아

〈나이트 크롤러〉 루이스의 삶은 대한민국 영상 기자들의 삶과 닮은

듯 다르다. 우선 근본적으로 사건·사고 현장을 쫓아다니고, 촬영하고, 그 화면을 편집해 뉴스에 방영한다는 점이 유사하다. 화면이 있어야 뉴스가 가능하다는 것은 TV 뉴스 불멸의 진리이다. 그런 화면을 촬영하고 제작하는 최전선에 루이스가 그리고 영상 기자가 있는 것이다.

현직 기자로서 루이스라는 인물에 관심이 생긴 이유는 우선 루이스가 벌이는 치열한 경쟁 때문이었다. 루이스는 치열한 보도의 세계에서 철저한 경쟁을 준비한다. 더 좋은 카메라를 준비하고, 현지 지리를 잘 아는 토박이 직원을 고용해 현장에 더 빠르게 접근할 수 있는 방법을 강구한다. 특히 눈에 띄는 점은 남들과 다르게 밴이 아닌, 스포츠카를 보도용 차량으로 사용한 점이다. 남들보다 먼저 현장에 도착해야 더 생생한 화면을 포착할 수 있다는 것을 루이스는 본능적으로 깨달았다. 사막 같은 현실에서 홀로 오아시스를 찾아야 하니 어찌 보면 당연한 선택일 것이다. 현실 속 영상 기자들 역시 단독 영상을 포착하고, 현장에 조금 더 일찍 도착하기 위해 경쟁한다. 뉴스 화면을 보며 모니터링하고, 현장에서 대응이 과연 최선이었는지 반문하며 토론하는 경우도 수두룩하다.

현실 속 기자들의 이런 노력에도 영화 속 루이스가 우리와 다르게 보이는 이유는 유일한 스페셜리스트가 되기 위한 노력들 때문일 것이다. 요즘 보도는 관계기관이나 업체에서 내놓는 보도 자료를 통해서 이루어지는 경우가 많다. 보도 자료의 원래 목적은 기자들에게 정보를 제공하는 데 있었을 것이다. 세상의 모든 정보를 다 알 수 없는 기자들에게 기삿거리를 알리는 목적에서 시작했던 관행이다. 하지만 이러한 보도 행태가 당연시되고, 취재거리를 찾아 헤매는 것이 아니라 보도 자료를 찾아 헤매는 부작용이 발생하기도 한다. 영상 기자들 역시 나만이 찍을 수 있는 화면이 아닌 우리 모두 갖고 있는 화면이 늘어나게 되었다. 모든 기자가 같은 현장, 비슷한 화면을 취재한다면 다양한 언론, 다수의 기자들이 존재할 필요가 없을 것이다. 루이스의 치열함이 혹은 유일함이 우리에게 퇴화되어 가는 DNA와 같아 씁쓸해진다.

— 두 번째 품격: 거리

2017년 새해 벽두부터 전국을 들썩이게 한 속보가 터진다. 정유라 체포. 박근혜, 최순실 국정농단 사건의 주요 인물이었지만, 그 행방조차 묘연했던 정유라가 전격 체포된 것이다. 정유라가 살았던 집, 자동차, 심지어 정유라가 입었던 점퍼까지 연일 방송과 인터넷을 통해 회자됐다. 특히 정유라가 체포되는 모습은 영상에 고스란히 잡혀 우리나라 모든 언론사들이 그 화면을 인용했다. 그 화면을 촬영한 기자와 방송국은 흔히 말해 특종을 한 것이다. 전 세계의 거의 모든 언론들이 그 화면을 사용했을 테니 평생 한 번 할까 말까 한 대형 특종이다. 그런데 언론사를 수년 다니면서 피의자 검거 화면을 그렇게 선명하게 본 적이 없다. 언론들에서 배포하는 피의자 검거 영상은 수사 당국이 제공하는 경우가 대부분이다. 당연히 영상이나 사진에 대해 비전문가들이다 보니 전문가들이 촬영하는 것에 비해 완성도가 떨어지는 것이 사실이다. 하지만 정유라 체포 영상은 JTBC가 직접 촬영해 다른 언론사에 제공한 경우였기 때문에 다른 체포 영상에 비해 그 퀄리티가 높을 수밖에 없었던 것이다. 정유라는 수사 당국이 수사를 해서 범인을 체포하는 일반적인 과정과 다른 경로로 체포에 이른다. 언론사가 피의자의 위치를 파악하고 불법체류 면목으로 경찰에 신고해 정유라 체포 과정을 고스란히 카메라에 담은 것이다. 특종을 따낸 것이 아니라 특종을 만들었다는 말이 더 잘 어울릴 것 같다. 언론이 사건에 개입하고 문제를 해결하는 일련의 모습은 영화 〈나이트 크롤러〉에서도 볼 수 있다.

영화 〈나이트 크롤러〉 사건 현장 취재 모습 ⓒ ㈜ 스톰픽쳐스코리아

루이스는 큰 특종일수록 많은 돈을 받을 수 있다는 업계 속성을 누구보다 빨리 파악한다. 우연히 일가족을 살인하는 장소에 가장 먼저 도착한 루이스는 그 사건 유일한 목격자가 된다. 하지만 그 정보를 수사 당

국에 알리는 대신 자신이 범인을 추적하기로 마음먹는다. 옆의 동료(혹은 조수)가 경찰에 알릴 것을 제안하지만 루이스는 간단히 묵살해 버린다. 루이스는 그 범인을 찾아다니고, 촬영하기 좋은 오픈된 장소에 들어가는 피의자들을 포착한다. 촬영 계획을 세운 루이스는 경찰에 연락을 취하고 서민과 경찰이 총에 맞고 용의자를 체포하는 어찌 보면 가장 극적인 체포 장면을 카메라에 담는다. 영화 속에서 나올 만한 장면을 뉴스용 영상으로 만든 것이다. 더 극적일수록 더 잔인할수록 더 많은 돈을 벌 수 있기에 어찌 보면 루이스의 행동이 비즈니스적으로는 옳았다고 볼 수 있다. 그러나 더 많은 돈을 받는 것이 기자의 역할인지에 대해서는 의문이 든다. 루이스가 사건 현장에 제일 먼저 도착하지 않았다면, 범인이 루이스에게 목격되지 않았다면, 루이스가 경찰에게 사실을 그대로 전달했다면, 아마도 무고한 시민들의 죽음 없이 사건은 종결됐을 것이다.

루이스가 사건에 관여하며 취재 스케일을 키운 것은 한 번의 경험으로 만들어지지 않는다. 그 시작은 작은 선을 넘는 것부터 시작되었다. 처음으로 제대로 된 취재를 할 수 있는 기회가 왔다. 큰 교통사고가 일어났는데 경찰이 쳐 놓은 폴리스라인 밖 취재하기 좋은 자리는 이미 기존 기자들이 차지했다. 루이스는 그 선을 넘었고, 자신의 생각에는 소소한 성공을 이루게 된다. 그때부터(처음부터) 취재를 만들어 가기 시작했던 것이다. JTBC가 루이스처럼 눈앞의 이익 때문에 사건에 뛰어들었다고 보기 힘들다. 하지만 특종이라는 기자에게는 떨치기 힘든 유혹에 넘어간 것 아닌가 하는 의구심이 드는 것 역시 사실이다. 이러한 언론의 개입이 어떤 식으로 우리 사회에 여파를 미칠지 아무도 예상할 수 없는 것이다. 기자는 근본적으로 팩트 전달자다. 사실을 더 잘 보여 주기 위해 여러 공부가 필요하지만, 사실을 만들거나 바꿀 역할을 부여받지는 못했다. 언론이 전달자로서로의 역할을 망각하는 순간, 기자는 작가가 되어 버릴 수밖에 없다. 기자의 카메라는 너무 가까이도 너무 멀리도 떨어지지 않게 그 거리를 유지해야 하는 이유다. 그 적정선을 지키지 못한다면 영화 속 루이스와 현실 속 기자가 무엇이 다르다 할 수 있을지 모르겠다. JTBC의 이러한 뉴스의 시작이 루이스의 마지막과는 다르기를 바랄 뿐이다.

덴마크 검찰 앞에서 정유라 관련 브리핑을 듣기 위해 대기 중인 한국 취재진들

흔들리는 비행기 안에 접한 영화 〈나이트 크롤러〉는 흔들리던 기자에게 보도란 무엇이고, 그 품격은 무엇인지 묻는다. 기자들을 상대로

한 블랙리스트가 나오고 언론과 정재계의 커넥션들에 대한 증거들이 연일 터지고 있다. 기자로서 살아가기가 더 각박해지고, 어떻게 살아가야 하는지조차도 희미해지는 요즘이다. 안갯속 현실이 기자들의 시야를 가릴 때 영화 〈나이트 크롤러〉는 어쩌면 명쾌할 정도로 그 해답을 제시하고 있는 것 같다. 기본에 충실하게 경쟁하라고 말하고 있다. 기자로서, 언론으로서 지켜야 할 선들이 있다. 그 선을 넘는다면 대중에게 파급력 있는 집단의 힘은 만용으로 이어지기 쉽다. 그러나 대중에게 뻗치는 그 힘을 잃지 않기 위해서는 그 선 안에서 치열하게 경쟁하고 싸워야 할 것이다. 나 스스로를 되돌아볼 수 있지만, 홀로 빛을 낼 수 있는 비판적 스페셜리스트가 되는 것이 보도의 품격을 유지할 수 있는 방법이 아닐까 한다.

● REC

'가짜 단독'을 없애기 위한 우리의 '진짜 노력'

취재 기자의 다급한 목소리. "단독입니다!" 내 손은 어느 때보다 카메라를 힘껏 움켜쥐었다.

기대감에 도착한 사건 현장. 단순 변사 사건이었다. 노부부의 시신이 발견됐다. 타살의 흔적은 보이지 않는다. 각박한 사회에 매몰되어 아사(餓死)한 흔적도 없다. 이웃들에게 들은 고인의 미담이나 에피소드도 전무하다. 변사의 사건을 사회 문제에 녹일 무엇도 없는 것이다. 병원으로 시신 안치도 끝난 상황이었다. 집 안은 출입금지구역으로 취재할 수조차 없다.

현장은 무(無)의 연속. 그러나 '무' 안에서 '단독'은 살아 숨 쉰다. 우리만이 취재한 까닭이다. 만선(滿船)을 기대한 어부의 심정이 이럴까. 현장을 취재하는 동안만큼은 만선을 기대한 어부의 힘찬 출항과도 같았다. 하지만 뉴스거리가 될 만한 물고기는 보이지 않는다.

일순간, 기대는 허탈감으로 바뀐다. 잡고기를 싣고 귀항해야 하는 일만 남았다. 하지만 단독은 여전히 살아 있다. 만선의 깃발은 내리고, 거짓의 '단독' 깃발을 단 채 방송국으로 향했다.

카메라를 움켜쥐었던 아귀힘은 온데간데없다.

단독 보도 화면 갈무리

단독, 얼마나 달콤한 말인가. 세상에 '단 하나'뿐인 기사는 기자에게 짜릿함과 명예를 선사한다. 누구보다 먼저 지금까지 알려지지 않은 뉴스를 보도한다는 것은 기자 본인에게 짜릿한 쾌감을 안겨 준다. 단독기사로 사회적 파장과 변화를 이끈다면, 수많은 상(賞)과 칭찬이 줄을 잇는다.

회사 차원에서도 단독은 큰 유혹이다. 단독 보도가 많은 방송국은 그만큼 '취재력'이 돋보인다. 더구나 지금은 10개의 방송국이 데일리 종합 뉴스를 하는 시대다. 시청률 경쟁은 전쟁으로 바뀌었다. 방송국 저마다 살아남기 위해 혈안이다. 그중 가장 탁월한 무기가 바로 단독 보도이다. 단독이 주는 기대감은 시청자를 유혹하는 최적의 무기다. 새롭고 차별화된 상품을 파는 가게가 늘 붐비는 것과 같은 이치다.

단독 보도 화면 갈무리

문제는 현재 방송국들이 하는 단독 보도가 '단독 같지 않는 단독'이라는 점이다. 단순한 변사 사건을 단독 보도한다. 그래서 얻는 가치는? '변사한 부부가 금실이 나쁘지 않았다', '이웃들과 무탈하게 지냈다' 등의 이러한 정보가 '단독'을 달고 전할 뉴스 가치를 지녔는지 의문이다. 단순한 치정으로 애인을 칼로 찔렀다는 게 단독의 가치가 있는지도 모르겠다. 새로운 사실이 추가된 문장 하나가 예전에 보도되었던 10개의 문장과 섞여 단독 기사로 변장하기도 한다. 수사를 받는 범죄자가 어떤 음식을 시켜 먹었는지, 그릇을 다 비웠는지가 단독 기사의 주요 유형이 되어 버린 지 오래다.

이러한 문제는 비단 우리 회사만의 문제가 아니다. 종편 시대가 개막한 2012년 이후, 대한민국에 벌어진 방송국 모두의 문제다. 저마다 최고의 뉴스를 만든다고 자평했지만, '미디어의 양적 팽창이 질적 성장을 담보하지 못한다.'라는 논리를 스스로 증명한 꼴만 됐다. 터무니없는 단독 보도의 범람은 이러한 지탄의 선봉에 서 있다.

언론의 단독은 진실을 추구하는 과정에서 탄생해야 한다. 그래야 비로소 '진짜 단독'이 될 수 있다. 권력을 떨게 하거나, 부조리를 집어내는 예리함으로 사회를 더욱 살기 좋게 만드는 데 기여해야 한다. 최순실 국정농단 사태 당시, 탄핵의 불을 지폈던 JTBC의 '최순실 태블릿 PC' 보도와 권력(청와대)이 민간 기업의 인사에 관여하려 했다는 MBN의 '청와대 CJ 인사 개입' 보도가 단독 보도의 좋은 예라 할 수 있다. 권력 감시와 진실 보도에 충실했기 때문이다. 이와 거리가 먼 단독 경쟁은 오히려 선정 보도와의 경계를 흐리게 한다. 진실 추구보다 단순 사실에 입각한 시간 장사식 단독은 독단에 불과하다.

어부와 기자는 닮았다. 낚는 일이 본업이다. 어부는 물고기를 낚고, 기자는 국민의 신뢰를 낚아야 한다. 어부의 낚시는 지름길이 없다. 매번 그물을 정성스럽게 손질하며 간절히 출항을 기다린다. 정직하게 흘린 땀방울만이 고기를 낚는 가장 빠른 길이다. 기자의 낚시도 비슷하다. 취재 시 요행을 바랐다면, 올곧은 기사는 나오지 않는다. 정직하게 쓴 기사만이 국민의 신뢰를 낚을 수 있다.

어부에게 만선의 기회는 흔치 않다. 만선에 실패하더라도 어부는 다시 바다에 나가 정직하게 낚싯대를 드리운다. 만선을 위한 길은 오직 정직하게 수없이 반복되는 낚시질에서 비롯된다는 것을 어부는 잘 알고 있다. 우리에게는 단독의 기회가 흔치 않다. '가짜 단독'이 아니고서야 '진짜 단독'을 날마다 취재하는 것은 불가능하다. 그저 우직하게 때를 기다려야 한다. 현장에선 늘 치열하게 고민하고 의심을 품어야 한다. 혹시 모를 단독의 기회는 이러한 근면을 바탕으로 찾아올 것이다. 오늘도 어부는 어김없이 만선을 위한 닻을 올린다. 우리 역시 카메라를 어깨 위에 올려 본다. 그렇게 어부와 우리는 하루하루를 살아간다.

REC

하노이 회담, 그 기억의 단편

주요 호텔을 취재 중인 본인 모습

— 호텔 중계

2차 북미정상회담이 예정되었던 날짜보다 2주가량 이르게 베트남 하노이에 도착했다. 도착하자마자 시작한 취재는 정상들의 유력 숙소지와 회담 장소였다.

멜리아 호텔, JW메리어트 호텔, 메트로폴 하노이 호텔, 인터콘티넨털 레이크사이드 호텔, 크라운 플라자 호텔, 팬 퍼시픽 호텔 등 나열하기에도 많은 이 호텔들은 모두 베트남 하노이에 있는 호텔들이다. 한국에 있는 호텔들도 몇 군데밖에 모르는 본인이었지만, 베트남에 있는 이 호텔들은 북한과 미국의 정상이 묵을 수도 있다는 이유로 다 취재를 해야만 했다. 이렇게 호텔을 다 취재하는 게 맞는 것인가 아닌가는 그 순간 문제가 되지 않았다. 모든 언론이 유력 숙소 후보지를 기계적으로 보도를 하고 있었다. "이곳이 김정은 위원장의 숙소가 될 것으로 보입니다. 이곳이 트럼프 대통령의 숙소가 될 것으로 보입니다." 또한, 유력 회담장이라는 이유로 그 주변이 야외 스튜디오 섭외 장소가 되었던 국가컨벤션센터(NCC)도 있었다. 하지만 NCC는 결국 회담장이 되지 않았다. 이외에도 영빈관, 북한대사관 등 다른 건물들도 여러 이유로 취재 대상이 되었다. 소형 캠을 들고 혹은 몰카를 들고 모든 취재진이 호텔 로비와 국가컨벤션센터 등에 들어가기 위해 노력을 했다. 양국의 정상이나 양국의 관계자에게서 숙소에 관한 어떠한 말도 나오지 않은 상황이었지만 회담이 다가오는 며칠 전까지 모든 언론이 숙소와 회담장 유력지만을 중계하기 바빴다.

정해지지 않은 정상들의 숙소를 모든 언론사가 다뤘다. 하노이로 지정되기 전에 다낭이 유력하다며 오보 아닌 오보를 쏟아 내었고 유력 호텔 앞에서 앞다퉈 기자 라이브 연결을 했다. 하지만 그 누구도 의문부호를 달지 않았다. 회담의 예상 논제나 협상의 성사 가능성 등 언론이 분석하고 다뤄야 할 내용은 무수히 많았지만 보여 주기식 흥미 위주의 보도에 많은 시간이 빼앗기고 있었다. '호텔 중계엔 팩트가 있었나? 단지 가능성만이 있지 않았나?' 하는 생각이 들었다. 이것이 과연 2차 북미회담 취재에서 얼마만큼 중요함이 있었을까?, 어떤 언론사가, 어떤 방송사가 하니까, 그런 이유로 뉴스에 이목을 끌기 위한 하나의 수단 말고 그 이상의 무엇이 있었을까? 북미가 협상의 결실이 없었던 만큼이나 이런 정상의 숙소 예측 보도는 시청자들에게 기자로서 어떤 결실을 보여 주지 못한 것과 같은 느낌을 들게 했다.

김정은 위원장 오기 전 동당역 앞

— 동당역과 국영방송사

김정은 위원장이 비행기를 타고 오는가 아니면 할아버지인 김일성처럼 기차를 타고 오는가. 무엇을 타고 올 것인가도 관심사였다.

기존 싱가포르 1차 북미회담 때 이용했던 비행기가 아닌 기차를 타고 중국 내륙을 지나서 베트남으로 오는 건 북한이나 베트남에게나 모두 다 의미 있는 일이었다. 55년 만에 북한의 최고 지도자가 베트남을 방문하는 기념비적인 일이자 과거 김일성 주석과 호찌민 주석의 우정을 복원하는 의미가 있었다. 할아버지인 김일성 주석이 이용했던 열차를 타고 김정은 위원장이 온다면 과거를 재현하며 선대의 우정을 다시금 양국이 되새길 기회였다.

"김정은 위원장이 기차를 타고 온다는데, 근데 동당역이라고 중국과 베트남 국경지에 있는 그 역까지만 타고 온대."

동당역은 하노이에서 차량으로 3시간 30분에서 4시간 정도 걸리는 거리에 있었다.

"1박 2일로 다녀와야 할 것 같은데?"

한국에서 베트남 하노이까지 출장을 왔는데 베트남에서 또다시 출장을 가야 하는 상황이 되었다. 하노이에서 동당역까지는 거리상 170㎞밖에 되지 않았다. 하지만 우리나라처럼 도로가 잘되어 있지 않았고, 또한 직선도로가 아닌 꾸불꾸불한 도로를 지나가야 했기 때문에 시간이 꽤 걸렸다.

4시간 걸려 도착한 동당역 앞은 이미 전 세계 취재진으로 자리가 채워져 있었다. 김정은 위원장이 기차에서 내려서 나올 입구는 하나였다.

그 입구가 보이는 곳에 옹기종기 취재진이 모여 있었고, 자리를 잡지 못한 언론사들은 그 뒤에, 그래도 못 잡은 취재진은 그 뒤에 자리를 잡았다. 뒤로 갈수록 점점 삼각대의 높이는 올라갔고 사진기자들의 사다리 또한 점점 높이 올라갔다. "아이고, 이런 건 어디서 구했나, 나도 사야겠다."라는 말들이 이어졌다.

김정은 위원장 도착 전 동당역 앞 취재진 모습

누가 좀 더 일찍 와서 자리 잡으면 그 노력을 인정해 주고, 좀 더 높은 위치에 설 수 있는 장비를 가지고 오면 방해되지 않는 선에서 서로가 인정해 주는 게 우리가 지금껏 취재해 온 원칙이었다. 하지만 베트남에서는 달랐다.

베트남 국영방송인 VTV 관계자가 취재진이 모여 있는 자리 뒤쪽으로 높은 단상을 세우기 시작했다. “저기에다가 하면 앞에 자리 잡은 취재진 때문에 밑에는 안 보일 텐데?” 다들 의아함과 우려를 표시했다. 하지만 그런 우려는 우리나라 취재진의 순수한 생각이었다. VTV의 높은 단상이 설치된 이후 베트남 공안이 나타났다. 말은 통하지 않았지만, 손짓으로 무슨 이야기를 하는지 알 수 있었다. 우리가 자리 잡았던 위치를 뒤로 밀고 있었다. 여러 상황을 이야기해 보려 했지만 막무가내였다. 결국 각자 자리 잡았던 위치들은 엉켜 버렸고, 전체 포토라인이 VTV 단상에 맞춰서 밀렸다. 다들 울분을 토했지만, 이곳이 사회주의 국가인 베트남임을 다시금 자각하게 했다. 다수의 동의를 바탕으로 우리가 자율적으로 지켜 온 포토라인의 원칙은 그곳에서는 없었다. 베트남 정부에서 운영하는 VTV가 원하는 대로, 베트남 공안이 원하는 대로 이뤄졌다.

트럼프 대통령 차량 행렬과 재밍 차량

— 트럼프 차량 행렬과 재밍

"아…… 중요할 때 또 깨지네." 부조와 통화하기 위해 끼워 둔 이어폰에서 탄식과 함께 이 말이 들려왔다. 트럼프 대통령 숙소 앞에서 몇 번이고 들었던 소리였다.

트럼프 대통령과 김정은 위원장, 두 정상이 숙소에서 회담장으로 떠나기 전 숙소 앞 풍경은 영상 취재 대상이자 실시간으로 전달해야 할 사안임은 두 곳 모두 같았다. 하지만 실시간 라이브로 그 상황을 전달하는 환경은 두 숙소 앞이 달랐다. 그 이유는 트럼프 대통령 차량과 가까운 거리에서 이동하는 재밍 차량 때문이었다. 이 차량은 원격으로 대통령이 탄 차량에 위협을 가하는 상황을 막기 위해 VIP가 탄 차량과 함께 움직이며 주변의 전파 방해를 했다. 이로 인해 MNG 장비로 실시간 라이브를 하게 되면 이 차량의 등장 전과 후의 분위기가 달랐다.

"자, 저희 이 시각 트럼프 숙소 앞으로 해서 라이브 물릴게요."

부조의 요청에 흔쾌히 응답하고 꽤 긴 시간 동안 분주히 움직이는 경호원들과 참모들의 모습을 실시간으로 전달하고 있었다. 그러다 처음으로 트럼프 차량을 맞이하기 직전,

"어어, 화면이 깨지네요."

"네? 왜 그러죠?"

"직전까지 잘되었는데…… 아, 저거 재밍 차량 때문인가? 다른 방송사도 똑같네요."

갑작스러운 화면 깨진다는 이야기에 당황했지만, 그 순간 재밍 차량의 존재도 알게 되었다. 같이 대기하던 타사 선후배들의 이야기가 들렸다.

"저 차가 딱 지나가면 MNG 속도가 쫙 떨어지거나 속도가 0으로 바뀌네!"

몇 번이고 중요한 순간에 깨지는 화면이 전송되고 있었다. 허탈한 마음도 들었다.

'한국이었으면 VIP가 지나갈 때 재밍 차량이 뻔히 있는데 이렇게 MNG로 라이브를 했을까?'라는 생각을 되뇌었다.

2차 북미회담이 어떤 결실 없이 끝이 났다. 하지만 이번 회담으로 북미회담이 끝이 아니고 또 다른 회담이 있을 것이다. 그 회담이 언제 어디에서 할지는 아무도 모르지만, 그곳에는 언제나 그랬듯 영상 기자들이 있을 것이다. 몇 번에 경험 속에 겪은 깨달음을 통해 이전에 했던 시행착오나 불필요한 취재를 줄여 나갔으면 하는 바람을 해 본다.

● REC

DMNG, 1인 이동형 중계 시스템은 약인가, 독인가

새벽 5시, 어슴푸레 사물이 눈에 들어올 시간. 휴대전화의 뉴스 알람이 울어 댔다. **'[속보] 금수원 내 경찰 진입 시도'** 눈을 비비며 티비를 켰다. 다급한 앵커의 목소리, 곧이어 현장의 격렬한 화면이 비추어졌다. 진입을 시도하려는 경찰들과 이를 저지하려는 금수원 신도들이 뒤엉켜 몸싸움을 벌이고 있었다. 카메라앵글은 요동을 쳤고 경찰과 신도 간의 오가는 고성이 그대로 전파를 탔다. 결국 경찰이 내민 영장과 함께 굳게 닫혀 있던 금수원의 정문은 그 속을 열어 보였다. 정문을 비추고 있던 카메라는 금수원의 문이 열림과 동시에 그대로 안으로 빨려 들어갔다. 커다란 철문을 통과한 경찰은 미리 파악해 둔 사무실과 예배당 등 주요 시설을 향해 내달렸고, 그 뒤를 러프하게 영상 기자가 따라붙었다. 생중계 화면은 정제됨 없이, 그리고 가감 없이 담아내고 있었다. 담벼락을 따라 아무렇게나 처박혀 있는 녹이 슨 폐전철 차량들, 곳곳에 오랜 기간 경작을 한 것으로 보이는 텃밭들이 비쳤다. 카메라 앞의 취재 기자가 다급하게 마이크를 들었다. 시야에 들어오는 대로 짚어 가며 현장을 전했다. 긴박하게 전개되는 금수원의 압수수색 상황이 카메라와 시청자들의 눈에 낱낱이 기록되고 있었다.

새벽에 이뤄진 경찰의 급습. 이에 구석구석 철통같이 방비하고 있던 신도들과의 마찰. 그리고 마침내 속살을 드러낸 금수원 내부의 모습까지. 모두 실시간 생중계로 고스란히 전파를 탔다. 예고 없이 전개된 경찰의 수색에 중계차를 준비할 시간적 여유는 없었다. 우리는 분초를 다투는 긴박한 상황 속에서 선명하고 신속하게 현장의 영상을 시청자들에게 전달할 수 있었다. 홀로 기민하게 움직이는 영상 기자의 등에 메어 있는 DMNG(디지털 이동형 중계 시스템) 덕분이었다. 노트북보다 작은 크기의 이 장비는 실시간으로 HD급 영상을 송출해 생중계가 가능하도록 만들어 주는 첨단 방송 장비다. 장비에 내장된 배터리만으로 한 시간 이상의 실시간 영상 송출이 가능하며, 고가의 송출 비용을 부담하는 위성 송출 방식이 아닌, 흔히 우리가 휴대전화에 사용하는 통신사의 무선 LTE망을 이용해 이동 중에도 영상을 전송할 수 있다. 뛰어난 기동성과 설치의 간편함으로 행동반경에 제약이 적은 DMNG 장비는 대한민국 뉴스 보도의 새 지평을 열었다.

DMNG 장비가 처음 업계에 도입된 시점에는 여러 가지 문제점이 발견되기도 했다. 불안정한 LTE 네트워크 접속 문제와 들쑥날쑥한 전송

ENG 카메라에 장착된 DMNG 장비

속도는 원활한 온에어가 불가능하다는 평가를 받아 지상파를 포함한 일부 방송사들에게 외면당했다. 하지만 방송업계의 정착을 위해서는 아직 시기상조라는 우려와는 달리, 전국으로 빠르게 늘어나는 무선통신망의 확충과 네트워크 품질 개선으로 비교적 짧은 시간에 안정적으로 시스템이 정착됐다.

DMNG는 뉴스 보도 시스템 전반에 큰 변화를 가져왔다. 직경이 5미터가 넘는 거대한 크기의 무거운 접시와 트럭, 거기에 발전차가 뿜어내는 전력을 사용해 위성으로 그림을 쏘아 올리는 것이 지금까지의 일반적인 중계 형태였다. 각자의 파트에서 오디오와 영상 그리고 위성 신호를 체크하며 손발을 맞춰야만 했다. 새롭게 등장한 DMNG는 50년간 이어져 오던 방송기술의 개념을 송두리째 바꿔 놓았다. 별도의 복잡한 설치 과정 없이 통신용 무선 LTE망에 연결해 빠른 속도로 영상과 오디오를 동시에 전송할 수 있게 되었다. 전원만 켜면 HD급 고화질 영상으로 간단히 생중계가 가능한 환경으로 바뀌었다.

현장에서 DMNG 장비를 활용해 생중계를 하는 영상 기자

하지만 방송 통신의 이러한 진보는 동전의 또 다른 면을 들춰냈다. DMNG가 가져온 '빠른 뉴스'의 경쟁은 언론이 지녀야 할 본래의 가치와 그 최소한의 윤리의식조차 망각한 채 끝을 모르고 가속도를 붙였다. 급기야 검증받지 않은 DMNG 중계요원들이 저렴해지고 가벼워진 장비를 등에 메고 보도가 추구하여야 할 본질을 잊고 무분별하게 영상을 주워 나르는 일들이 벌어졌다.

속보 경쟁에 짓눌려 고민 없이 비치는 생중계 화면이 뉴스를 도배하기 시작했다. 초상권과 재산권이 보호받지 못한 채 그대로 방송에 노출되는 일이 비일비재하게 일어났다. 혐의뿐인 용의자의 얼굴이 대문짝만하게 화면에 흐르고, 특정하면 안 되는 지번과 주소가 노출되어 소송에 시달리는 경우도 다반사다. 국가 주요 보안시설인 군부대나 접경 지역, 공항, 항만시설 등이 모자이크 없이 그대로 방송되어, 언론이 오히려 국가 안보에 치명적인 위법행위를 조장하기도 했다. 또한 DMNG 장비를 활용하면 달리는 차량 안에서도 간단히 생중계가 가능해져 차량을 뒤쫓으며 아슬아슬한 취재를 감행하게 됐다. 엄청난 속도로 달리는 차량들 사이에서 차 밖으로 허리까지 몸을 내민 채 취재하는 위험한 환경에 내몰리게 됐다. 지나친 경쟁으로 인해 차량이 중앙선을 넘거나 신호를 무시하며 질주하는 일은 이제 영상 기자들에게는 일상이다. 고속도로 위에서 곡예 주행을 하며 벌어지는 영화 같은 생중계는 도대체 무엇을 위한 취재일까. 과도한 취재 경쟁이 불러온 경마식 저널리즘에 매몰되고 있는 것은 아닐까. 업계는 지금 깊은 딜레마에 빠졌다.

최근 대한민국 언론의 신뢰도는 바닥을 치고 있다. 대중은 언론에 등을 지기 시작했다. 민주주의국가에서 대중이 언론을 신뢰하지 않는다면 언론은 그 존재가치를 의심받을 수밖에 없다. 언론의 첫 번째 역할은 진실 추구이다. 그리고 그것은 사실에 기반하는 것으로부터 출발한다.

첨단의 장비로 누구보다 빠르게 현장을 담아 보도하는 것은, 사실을 여과 없이 보여 주려는 취재의 한 과정일 수 있다. 하지만 생생한 사실을 실시간으로 보여 주기 전에 그 과정이 언론이 추구해야 할 가치인 진실 규명에 대한 노력과 고민이 있었는지는 되짚어 봐야만 한다. 철저하고 심층적인 검증과 정제를 통해, 아직 확증되지 않은 가짜 진실들이 그대로 시청자들 앞에 풀어 헤쳐져 여론을 왜곡하는 것은 아닌지 충분한 분석과 판단이 필요하다.

빠르게 발전하는 무선통신기술과 뉴미디어 속에서 방송 생태계는 바삐 돌아간다. 그 속에서 우리는 무리한 취재와 속보 경쟁으로 인해 또다시 언론이 2차 피해를 양산하고 있는 것은 아닌지 신중히 취재에 임해야 한다. 변화와 혁신을 거듭하는 방송기술에, 기본을 망각한 채 취재윤리가 좇아가지 못한다면 이 땅의 저널리즘의 미래는 없다.

REC

하늘을 선물한 드론

드론을 띄우기 위해 모인 영상 기자들과 본인 모습

"저기, 영화 촬영하나 봐요."

취재를 마치고 나오는 길에 후배 말에 눈길이 닿은 곳엔 프로펠러가 달린 큰 물체가 보였다. 저게 뭘까 하는 궁금증이 나의 발걸음을 그쪽으로 옮기게 했다. 해당 물체 주변에 있던 사람들이 몇 번 프로펠러를 건드리고 한 발짝 물러서고 나니 큰 물체의 날개가 힘차게 돌기 시작했다. 그리고 그 물체는 공중에 떠서 하늘 위로 날아갔다. "우와!" 나와 내 일행들은 감탄사를 연발했다. 그게 나와 드론의 첫 만남이었다.

드론은 무선전파로 조정할 수 있는 무인 항공기이다. 즉 조종기를 통해서 기체를 이리저리 움직이며 여러 용도로 활용하는 것인데, 드론은 용도에 따라서 군사용, 산업용, 촬영용 등으로 나뉜다. 이렇게 다양하게 활용할 수 있는 드론이지만 기본은 조종법 습득이다.

자동차를 운전하기 위해서 운전법을 배우듯 드론을 움직이기 위해서 조종기 작동법을 알아야만 했다. 그런 과정 없이 무작정 드론을 밖으로 가지고 나가는 것은 너무나도 위험한 행동이다. 드론이 떨어져 사람이나 차량 등에 피해를 줄 수 있기 때문이다. 나 또한 조종법부터 연습하기 시작했다.

드론이 움직일 수 있는 방향은 위와 아래, 좌우와 앞뒤 그리고 회전이다. 이 움직임은 조종기에 있는 스틱을 움직이면서 정할 수 있다. 방향의 전환과 움직임을 자유자재로 할 수 있어야 어느 장소이든 어떤 대상물이든 다양한 각도에서 안정적인 움직임을 통해서 영상으로 담아낼 수 있다. 컴퓨터의 시뮬레이션 프로그램으로 연습하던 중 가장 힘들었던 부분은 드론의 방향을 반대로 바꾸어 움직여야 할 때 좌우의 혼동이었다. 그 혼동 없이 바로 반응할 수 있어야 했다. 그러기 위해 무수히 많은 연습을 해야만 했다. 퇴근 후에는 집안에서 갤럭시 비지터 6이라는 연습용 드론으로 연습하고 출근해서는 비는 시간마다 시뮬레이션 프로그램으로 연습했다.

조종법을 몸에 익힌 후, 야외에서 첫 연습. 조종기를 통해 시동을 걸고 드론을 상공으로 띄우고 앞으로, 뒤로, 위로, 아래로 이리 저리를 움직일 때 나는 내가 상공을 날아다니는 것 같은 자유로움을 느꼈다. 내 눈앞에 보이는 것만이 아닌 저 위 상공에서 아래를 바라보고 멀리 있는 건물들을 볼 수 있는 것에 감탄했다. 드론은 그렇게 나에게 드넓은 시야를 주었다.

드론을 띄우고 있는 본인

"드론 요청한다는데…… 연습 많이 했지? 나가 봐라."라는 지시를 받고 드론을 챙겨 현장으로 나갔다. 현장에서의 첫 비행, ENG 카메라를 가지고 첫 현장을 나가던 그 설렘이 다시금 온몸을 감쌌다. "선배, 여기 문화융성산업을 한다고 하면서 지원받아서 개발하는 곳인데 대지가 엄청 넓어요. 그리고 공사가 한창인데 저희가 그 안에 들어가서 찍지를 못해서 드론을 요청했어요." 드론 취재를 요청한 후배가 제시하는 목적은 명확했다. 텍스트로만 전달되는 대지의 넓이를 드론 영상을 통해서 시청자들에게 그대로 보여 줘 전달력을 높이고 싶다는 것이었다. 차를 타고 한 바퀴를 돌아본 현장은 펜스로 둘러쳐져 있고 주변에 높은 건물도 없어서 드론 말고는 안을 들여다볼 만한 방법이 없었다. 현장에서 조금 떨어진 곳에서 드론의 시동을 걸었다. 윙윙 소리와 함께 드론을 공사 현장이 한눈에 보일 만큼에 높이로 띄웠다. 화면을 지켜보던 취재 기자 후배가, "우와! 선배, 한눈에 다 보이네요." 후배 기자의 감탄만큼 나 또한 현장에서 드론의 이용이 처음이다 보니 드론의 효과에 대해서 감탄했다.

이처럼 드론은 ENG 카메라를 이용해서는 접근할 수 없는 곳의 취재를 가능하게 했다. 이를 보도 영상의 목적성에 대입하여 보자. 보도 영상은 시청자들에게 방송기사의 사실성을 높이는 증거물이다. 하지만 접근하지 못해 직접 보여 주지 못한다면 영상으로 명백히 사실을 보여 주는 기사보다 방송 기사로서 가치가 떨어진다. 실제 일어난 일, 그리고 현장을 보여 주어야 해당 기사의 신뢰도를 높일 수 있는 것이다. 방송 기자들이 사건·사고 기사에서 CCTV 영상이나 블랙박스 영상을 찾으려고 노력하는 것도 같은 맥락이다. 그러므로 불가항력적으로 보여 주기 힘든 곳에 접근을 가능하게 한 드론의 등장은 보도 영상 분야에서는 획기적인 것이다.

드론의 또 다른 장점은 자유로운 움직임이 가능하다는 것이다. ENG 카메라를 활용한 영상은 하나의 축을 두고 움직이는 영상들로 좌에서

우, 아래에서 위, 줌인과 줌아웃 등이다. 높은 건물에 올라가지 않는 이상은 사람의 눈높이에서만 영상 촬영이 가능하다. 이와는 다르게 드론을 활용하면 영상의 움직임은 다양해진다. 예를 들어 드론이 뒤로 움직이면서 위로도 상승하면 영상에서는 화각이 점점 넓어지면서 해당 대상물의 윗부분을 볼 수 있는 영상이 만들어진다. 다양한 축으로 동시에 움직이는 것이 가능하므로 역동적인 영상을 만들어 낼 수 있다.

겨울 한강 둔치에서 컨트리스키대회가 열렸다. 인공 눈을 뿌려 도심에서 스키대회를 치르는 것인데, 한강 옆에서 스키선수들이 질주하는 이색 풍경이 펼쳐지는 대회였다. 한강과 함께 눈이 쌓여 있는 대회장을 보여 주기 위해서는 높은 곳에서 이곳을 담아내는 것이 필요했고 스포츠가 주는 현장의 느낌을 담기 위해선 그곳에서 질주하는 스키선수들의 움직임을 따라가는 영상이 필요했다.

한강 공원에서 이뤄진 스키대회를 드론을 활용해 촬영한 부감

드론을 띄웠다. 한강과 한강 변에 눈이 넓게 깔린 대회장이 한눈에 들어왔다. 그곳에 스키를 타는 선수를 따라서 직선적인 움직임이 아닌 곡선적인 움직임으로 따라가며 영상을 담아냈다. 경기장을 옆으로 이동하며 찍고 선수들의 머리 위가 보이는 부감 숏도 만들어 냈다. ENG 카메라만으로는 담아낼 수 없는 다양한 영상의 컷들이 드론을 활용해서 만들 수 있었다. 드론이 준 자유로운 축의 변화가 이런 것들을 가능케 했다.

보도 영상의 질적 발전은 과학 기술의 발달과 그 궤를 같이했다고 해도 과언이 아니다. 테이프 방식에서 메모리카드 방식으로, 직접 들고 이동하는 송출 방식에서 디지털 파일로 전송하는 방식으로, 근접한 대상물만 담아낼 수 있는 렌즈에서 원거리에 있는 대상물을 담아낼 수 있는 렌즈의 등장으로, 취재할 수 있는 범위의 확장과 시청자들에게 발 빠르게 보도 영상을 보여 줄 수 있는 전달 속도의 진전은 과학기술의 발전과 함께 이뤄진 것들이다. 드론의 등장은 ENG 카메라만으로 이루어져 왔던 보도 영상 취재 방식에서의 탈피를 이루어 내게 했다. 하지만 지금껏 새로운 장비가 등장할 때마다 여러 부작용이나 어려움이 있었다. 드론 또한 마찬가지이다. 현재는 드론이 주는 장점에만 취해 있지만, 드론의 무분별한 활용은 부작용을 일으킨다. 개인이 감춰 왔던 장소를 드론을 활용해 촬영하며 사생활 침해의 우려가 있고 드론에 익숙지 않은 인원이 드론을 작동시키면서 생길 수 있는 드론 추락과 그로 인한 사람과 사물에게 주는 위험 등이다.

과학기술의 발전이 드론을 등장하게 했다. 하지만 그걸 운용하는 사람이 어떻게 활용하는지에 따라 드론이 앞으로 우리에게 어떤 모습으로 위치할지는 모르는 것이다. 보도 영상 분야에서 드론은 획기적인 장비이지만, 그걸 사용하는 우리 기자들의 준비된 실력과 명확한 운용 원칙이 필요하다.

그래야 드론이 계속 우리에게 드넓은 시야와 자유로운 움직임을 선사할 것이다.

인스파이어 드론과 조종하는 본인

記自回祿
기자회록

'기록자로서의 회고와 성찰'

● REC

왜 영상 기자가 존재하는가?

〈어느 인민 병사의 죽음〉

종군 사진가로 유명한 로버트 카파. 이 사진가가 유명해지게 된 것은 한 장의 사진 때문이었다. 〈어느 인민 병사의 죽음〉, 이 사진은 스페인 내란 중에 총에 맞아 쓰러지는 어느 병사의 모습을 극적으로 담은 사진으로 스페인 내전의 상징이 된 사진이다. 이 사진을 처음 봤을 때 그냥 예전에 봤던 다른 보도 사진들처럼만 생각했다. 과거 사진, 예전에 어떤 현장을 담아낸 사진, 그 정도로만. 별 느낌이 없었다. 하지만 이 사진을 찍을 당시 주변 환경에 대해 찬찬히 생각해 본 후 해당 사진이 아닌 이 사진을 찍은 로버트 카파에 큰 감흥을 받았다. 이 사진을 찍기 위해 카파 역시 총알이 빗발치는 전장 한가운데에 있었고, 자신도 병사처럼 한순간에 쓰러질 수도 있는 위험한 상황임에도 그는 카메라 렌즈를 응시하고 있었다. 그 사실 그 생각이 들자 한동안 이 사진이 머릿속에서 떠나지 않았다.

로버트 카파의 이름에서 나온 '카파이즘'이라는 말은 투철한 기자정신을 대변하는 말이 되었다. 후배 기자들에게 그는 이렇게 말했다고 한다.

"당신의 사진이 만족스럽지 않다면 그것은 충분히 가까이 다가가지 않았기 때문이다."

로버트 카파에 대한 동경은 카파의 정신을 동경한 것일지도. 원하는 것을 얻고자 한다면 충분히 그것에 가까이 다가가야 한다는 것, 그 정신은 영상 기자로서 일하는 나에게 동력의 원천이기도 하다.

시간은 흐르고 시대는 바뀐다. 시대마다 사람들의 머릿속에 남아 있는 역사적인 일들이 있다. 하지만 모든 사람이 해당 일들을 직접 보지 못한다. 그런데도 대중들은 그 일들에 대해 기억한다. 그 현장의 기록과 이미지, 직접 본 것이 아닌 전달된 것들로 채워지는 것이다. 〈어느 인민 병사의 죽음〉과 같은 사진이 스페인 내전에 대한 상징적인 사진이 된 그것처럼 말이다. 시간을 잡을 순 없지만, 그 시간을 기억하게 할 수 있다. 잘못된 상황을 반복되지 않게 하기 위해서나 잘된 일을 본받게 하기 위해 첫 번째로 할 일은 기억하기. 영상 기자들은 그 기억에 대한 이미지를 대중들에게 남기는 일을 한다. 지금도 그 일은 계속되고 있다.

저녁 7시부터 9시 사이에 각 방송사에서는 메인 뉴스들이 시작한다. 각 리포트에서는 취재 기자의 목소리와 함께 영상들이 흘러나온다. 드라마나 예능 프로그램처럼 뉴스에 나오는 영상들은 당연히 나와야 하는 일상처럼 그냥 편안히 흘러간다. 하지만 그곳에 나온 영상들은 준비된 현장이나 준비된 상황대로 흘러가듯 만들어지는 게 아니다. 뉴스에 나온 영상들은 해당 현장에 나선 영상 기자들의 판단과 선택의 흐름이다. 예능과 드라마처럼 계획된 스토리대로 영상이 나오는 것이 아니다.

취재 현장에 나간 영상 기자는 화이트 밸런스를 확인하고 포커스, 조리개를 확인하며 정확한 상황 판단과 의미를 담은 한 컷, 한 컷을 취재해 나간다. 전체 전경을 어디서 담아낼지, 어떤 특정 부분을 클로즈업해서 보여 줄지 등을 판단한다. 그 장면 하나하나를 나열해 기사의 내용을 전달한다. 이런 과정을 겪기 때문에 정해져 있지 않은 어떤 현장일지라도 뉴스에 나오는 보도 영상의 메시지는 명확하며 정제되어 있다.

몇 년 전 대한민국에는 촛불의 물결이 출렁였다. 그 물결은 대한민국 사람들의 마음속에 남아 있다. 광화문을 가득 메운 민주주의에 대한 물음과 누가 대한민국의 주인인지 보여 준 역사적인 현장. 하지만 이 현장을 누구는 폭력적인 집회라고 이야기했다. 그렇지만 시간이 지나서 지금 누구도 그렇게 이야기하지 않는다. 촛불의 물결만 사람들 마음속에 채워져 있다. 현장에 참석한 사람들이 직접 목격한 것처럼 영상 기자들은 현장의 모습을 있는 그대로 하나하나 담아 전달했다. 대한민국이 올바르게 변하기를 염원하는 사람들과 촛불, 그 사람들이 모여 출렁이는 물결을 각 위치에서 뷰파인더로 담았다. 참석하지 않은 시민들 누구라도 그 영상을 봤다면 전율을 느꼈을 것이다. 그리고 기억할 것이다. 촛불집회 현장은 평화적이었다고…….

사실 그대로의 기록 뒤에는 영상 기자가 있었다.

대한민국 역사의 현장, 촛불집회

기술의 발달로 영상을 촬영할 수 있는 도구가 늘어났고 누구든 어디서든 촬영할 수 있다. 하지만 그 도구를 활용하는 사람의 잘못된 판단으로 문제를 일으키기도 한다. 차량 블랙박스에 찍힌 영상을 무분별하게 유통하면서 개인의 사생활이 유출되는 경우와 자신의 가족이 피해를 본 사고나 사건 영상을 그냥 활용하는 인터넷 매체들에 의한 2차 피해 등. 단지 찍을 수 있다는 자체로 모든 것이 제대로 된 기록은 아니다. 목적에 맞게 적절히 기록하고 활용되어야 한다. 특히 뉴스에서는 더더욱 그러하다. 서울 소재의 한 대학을 촬영한 어떤 매체는 추후 대학생들의 부정적 기사에 해당 영상을 내보내면서 해당 영상에 나온 평범한 학생들에게 피해를 끼친 일도 있었다. 영상과 텍스트가 잘못 조합되면 다른 의미가 씌워지고 그로 인해 피해가 생긴 것이다. 그러므로 영상을 취재하고 뉴스로 매일 전달하는 영상 기자들에게 취재방식과 활용은 항상 고민하는 부분이며 또한 정확한 판단을 하기 위해 노력한다. 국민의 알 권리 명목으로 모든 것들을 취재하고 촬영할 수 있는 것이 아니다. 개인이 가지는 권리에 피해가 가지 않는 범위여야만 하고 공공의 이익을 위해 꼭 필요한 것인지 따져 봐야 한다.

영상 기자들은 현장에 도착하는 매 순간 생각하고 고민한다. 제대로 된 기록이 되었는지, 취재 목적과 벗어난 피해는 없을 것인지. 영상 취재를 하고 난 후 뉴스가 시청자들에게 전달되기 전까지도 잘못 활용된 것은 없는지 확인하고 또 확인한다. 한 번 사람들에게 각인된 이미지와 영상 기록은 훗날 해당 사건과 사고, 해당 인물에 대해 쉽게 지워지지 않는 낙인이 된다는 것을 영상 기자들은 안다. 그 낙인이 잘못된 사실이 아닌 참된 사실만으로 기록되어야 한다는 것도 안다. 영상 기자가 존재해야 하는 이유는 영상 기자는 국민의 눈을 가리거나 귀를 막는 존재가 아닌 국민의 올바른 눈과 귀가 되어야 한다는 것을 영상 기자들은 안다는 것에 있다고 생각한다. 그 사실이 영상 기자의 존재 이유가 아닐까?

● REC

광장에 기자가 없다
– 2019 집회 서초동 vs 광화문

서초동 반포대로가 꽉 찼다. 출퇴근 시간의 즐비하게 늘어선 차량 행렬은 아니었다. 검찰개혁에 찬성하는 집회자들이 반포대로 10개 차선을 가득 메워 인산인해를 이룬 것이다.

불과 사흘 후, 이번에는 광화문 광장이 사람들로 넘쳐 났다. 박근혜 대통령의 퇴진을 외쳤던 진보 세력의 운집을 이야기하는 것이 아니다. 광화문에 검찰개혁을 반대하는 보수 세력 집회자들이 입추의 여지도 없이 한곳에 모인 것이다. 나는 역사상 유례없는 3일 간격으로 치러진 진보, 보수의 대형 집회를 취재할 수 있는 영광(?)을 안았다. 그래서 누구보다 가까이 두 집회를 보고 느낄 수 있었다. 살벌하게 갈리는 이 정치적 대립은 극한으로 치닫고 있었다. 각각의 100만 인파는 서로 다른 나라에 사는 사람들처럼 이질적이었다. 서로를 미워하고 인정하지 않았다. 하지만 묘하게도 양측의 집회자들에게 공통점도 느낄 수 있었다. 양측 모두 집회 열기는 상상을 초월했고, 각 진영의 사람들은 태극기를 흔들며 애국자임을 자처했다.

그리고…… 그들이 모인 광장에, '기자는 없었다'.

서초동 광장에 모든 집회자들

2019년 10월, 광장에는 기자가 약진(躍進)할 기회조차 없었다. 서초동과 광화문 광장에 모인 집회자들은 어느 집회보다도 열정적이었고, 평화적이었다. 자신들이 원하는 가치가 대한민국에 스며들어 지금보다 훨씬 더 정의로운 나라가 되길 희망했다. 하지만 일부 집회자들과 연설자는 감정을 절제하지 못했다. 수많은 집회 연설자 중 몇몇은 반대 진영에 대한 비난을 서슴지 않았다. 서초동 광장에서는 보수 세력을 친일파, 기득권을 갖고 놓지 않는 파렴치한으로 내몰았다. 광화문 광장에서는 진보 세력을 종북주의, 사회주의자로 매도했다. 서로를 설득하려는 노력이 사라지니 광장은 반쪽짜리가 되어 버렸다.

또, 일부 집회자들은 기자들에게 험담을 했다. 집회라는 특성상 일부가 특정 기자에게 꾸짖는다면, 가만히 있던 다른 집회자들까지 험담에 동참하는 경우가 왕왕 발생했다. 이런 상황에서 기자들은 고개를 숙이고 취재를 하거나 빨리 그곳을 빠져나가는 게 상책이었다. 기자가 쓴 기사의 정보의 사실 여부는 뒷전이었다. 기자에게 '팩트'를 묻지 않고 기자가 속한 언론사의 호감도에 따른 질책이 앞서면서 집회를 취재하는 기자의 존재가치는 계속 흐릿해져 갔다. 그저 방송국 로고를 뗀 영혼 없는 카메라만이 집회를 지켰다.

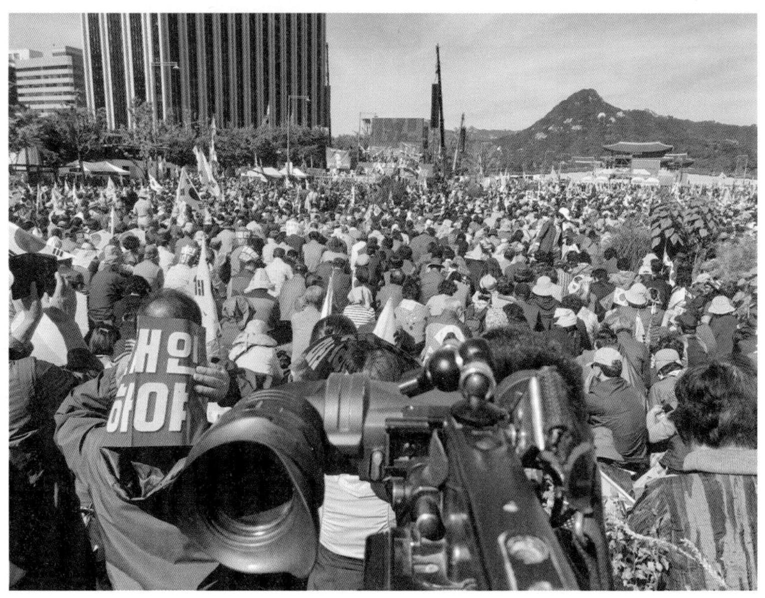

광화문 집회에 참석한 집회자들

역사적으로 언론은 집회의 목소리를 전하는 데 큰 역할을 해 왔다. 2016년 박근혜 퇴진 촛불집회 때, 언론은 광화문에 모인 국민들의 의지와 결의를 있는 그대로 보도하면서 대한민국 헌정사상 처음으로 대통령 탄핵이라는 시대의 요구를 함께했다. 최근에는 일본군 성노예제 문제 해결을 위한 수요집회 1400회(2019년 8월 14일)를 취재하여 피해자 할머니들의 아픔을 같이하고 안하무인인 일본 아베 정부에 대한 부당함을 전 세계에 알렸다. 또한, 2015년에 열린 민중 총궐기 집회 당시 경찰의 물대포를 맞고 사망한 백남기 농민의 억울한 사건을 집회 후에도 끝까지 보도해 진실규명에 힘을 보탰다. 이는 취재-게이트키핑-데스킹 등의 일련의 팩트 체크 과정을 할 수 있는 언론사의 메커니즘이 있었기에 가능했다. 그에 반해, 유튜브 방송을 하는 미디어나 유력 정치인, 유명인 등이 SNS를 통해 실어 나르는 정보는 팩트 체크에 취약하다. 이른바 '가짜뉴스'일 가능성이 크다. 사실 전달에 대한 노력보단 '같은 생각을 가진 사람들의 결집과 인기'를 우선시하는 성향이 크기 때문이다. 이번 서초동 집회에서 모 유튜브 방송은 서초동에 있는 교회 시계탑에 검찰개혁에 소극적인 보도를 방송국들이 은밀히 올라가 문을 잠그고 취재한다고 말했다. 이는 사실이 아니다. 지상파, 종편, 보도 채널의 모든 방송국들이 교회의 협조를 받아 당당히 올라가 취재했다. 문을 잠근 것은 교회 측이 안전을 우려해 일반 시민의 출입을 차단한 것이다. 그렇다고 언론이 사회적 공기(公器) 역할에 충실하다는 것은 아니다. 언론이 집회 뉴스를 그 성향에 따라 이해타산으로 다룬 것은 사실이다. 그 결과, 국민은 이러한 언론사의 보도 성향을 인터넷 기사의 댓글, SNS 등을 통해 빠르게 공유해 나가며 비판에 열을 올렸다. 사실 확인 과정을 거친 유튜브 방송도 기성 언론을 대처할 만큼 구독자 수를 늘리며 신흥 언론 세력임을 자신하고 있다. 국민이 기성 언론에 등을 돌리고 있다는 단적인 예다. 기존에는 없었던 언론에 대한 감시, 견제 장치들이 등장한 것이다. 그리고 이 장치들은 언론과 떼려야 뗄 수 없는 관계가 될 만큼 커진 것이 현실이다. 그렇다면 이 장치들과 상생하기 위한 방법을 언론이 찾아 나서야 한다. 그 출발은 언론이 감시, 견제를 받는 것 이상으로 우리 사회를 감시·견제하는 것이다.

"저기, 이것 좀 먹으면서 취재하세요." 이번 집회 취재 때, 어느 여성분이 내게 초콜릿을 건넸다. 순간, 이 상황이 굉장히 어색하게 느껴졌다. 그분께 감사하다는 말조차 버벅거리며 전했다. 한 손에 담긴 초콜릿을 들고는 같이 있던 후배를 바라보았다. 우리는 누가 먼저랄 것도 없이 서로 씩 웃었다. 다시금 기운을 내 취재할 에너지를 얻은 느낌이었다. 그 후, 집회 내내 시민들이 우리에게 한 말은 '반성해라'였다. '반성'이라는 단어는 이 책을 쓰면서 우리가 가장 많이 내뱉었던 단어일 것이다. 그만큼 우리 기자 사회는 반성의 시간이 필요했고, 그 반성이 우리를 좀 더 기자답게 만드는 자양분이 되어 가고 있다. 하지만 이러한 반성도 취재할 권리마저 제약받는 상황이라면 기자들은 반성의 길마저 잃게 된다. 국민이 기자에게 반성의 길만 열어 준다면 우리는 다시 광장의 목소리에 진실 보도로 답할 수 있을 것이다.

그 초콜릿은 집회 취재가 끝나고 나서 회사 차량을 기다릴 때가 돼서야 비로소 먹을 수 있었다. 달콤했다. 이런 달콤함을 내가 기자직을 그만둘 때까지 잊고 싶지 않다. 반드시 정론 보도라는 사명감으로 취재에 임해, 광장에 "기자가 왔다!"라는 국민의 목소리를 듣고 싶다.

더 진한 달달함을 느끼기 위해서 말이다.

● REC

기억의 상처를 안고

몇 날 며칠을 쉬지 않고 비가 내렸다. 시커멓게 변한 한강은 점점 그 수위를 높이며 주변 공원들을 삼켜 나갔다. 그칠 줄 모르고 내리는 폭우에 취약시설이 붕괴되고 저지대가 침수되는 사고가 줄을 이었다. 턱 밑까지 물이 차오른 팔당은 견디다 못해 수문을 열었다. 커다란 입에서 쉴 새 없이 흙탕물이 뿜어져 나왔다. 방류를 시작한 댐과 침수 위험에 노출된 주변 마을 취재를 위해 카메라를 긴급히 차에 실었다. 잿빛으로 변해 버린 강을 거슬러 한참을 올랐다. 거센 빗줄기가 차창을 쉴 새 없이 때렸다. 일상 속에 오가며 보던 한강의 모습이 아니었다. 림만 겨우 보이는 공원의 농구 골대를 보니 비가 얼마나 내렸는지 대강 가늠이 됐다. 겁이 덜컥 났다. 땀이 난 손으로 카메라를 부여잡고 2시간쯤 달려 댐에 어느 정도 다다랐을 때, 평소 같으면 그냥 지나쳤을, 조용히 서 있는 응급구조 차량 한 대가 눈에 들어왔다. 주변 상황도 물을 겸 내려서 구조대원에게 자초지종을 물었다. 그는 별말 없이 손가락을 쭉 뻗어 시커먼 강가의 수풀 쪽을 가리켰다. '등'이었다. 의심할 여지가 없이 사람의 그것이었다. 순간 발뒤꿈치부터 정수리까지의 모든 세포가 빳빳하게 서는 기분이었다. 중년 남자의 시신이었다. 곧이어 또 한 대의 구급차가 도착하고 대원들이 시신을 수습하러 황급히 강가로 내려갔다. 놀란 가슴을 억누르며 차에서 카메라를 꺼내 들었다.

댐에서 가까운 유속이 빠른 상류이었기 때문에 자칫하면 구조대원들까지 전부 휩쓸려 내려갈 수 있는 긴박한 상황이었다. 시신 수습에 시간이 걸렸다. 물을 잔뜩 머금은 시신을 무겁고 미끄러웠다. 로프로 허리와 팔다리를 감아서 뭍으로 간신히 끌어 올렸다. 거대한 나무 밑동을 당겨 올리듯 구조대원 대여섯 명이 맞잡고 안간힘을 썼다. 뭍으로 올라온 시신은 익사 후 시간이 꽤 흐른 듯 보였다. 시신은 사후경직으로 인해 팔을 앞으로 곧게 뻗은 채 고통스러운 표정을 하고 있었다. 물에 빠질 당시에 입고 있던 반팔 상의와 짧은 바지 그리고 샌들까지 그대로 신은 채였다. 마네킹처럼 핏기 없는 새하얀 팔다리가 옷가지 사이로 삐져나와 있었다. 막상 카메라를 들고 취재는 하고 있었지만 이를 뉴스로는 내보낼 수 없었다. 주변에서 구경하던 사람들은 시신이 완전히 모습을 드러내자 이내 고개를 돌렸다. 나 역시 왼쪽 눈을 질끈 감은 채로 오른쪽 눈을 뷰파인더에 묻었다. 과학수사대의 간단한 현장 부검과 사망판정 후에 시신은 구급차에 실렸다. 경찰은 며칠 전 가평에서 불어난 강물에 실족으로 인해 휩쓸려 실종된 50대 남성이라고 추정했다. 구조에서 시신 수습까지 30분이 채 걸리지 않았지만, 과정들이 사진처럼 선명하게 기억되는 강렬한 취재였다. 주변 최초 목격자와 경찰 등의 인터뷰를 통해 취재를 이어 가려고 했다. 발을 떼려는 순간 카메라에 얹은 손에서 경련이 일어났다. 나도 모르는 사이에 팔에 힘이 너무 들어간 탓이었다. 그다음의 팔당댐 방류는 잘 기억이 나지 않는다. 차를 돌려 서둘러 서울로 복귀했다. 비에 젖은 옷가지는 금세 말랐지만, 눈만 감으면 생생하게 펼쳐지는 현장에 대한 기억이 한동안 머릿속을 헤집으며 나를 괴롭혔다.

이듬해 여름, 결혼을 앞두고 와이프와 신혼집 청소를 하기로 했다. 청소도구를 사서 약속 시간보다 한 시간 먼저 아파트로 향했다. 주차장 출구 쪽 화단 앞에 경찰들과 주민 몇몇이 모여 있었다. 슬쩍 기웃거려 보았다. 아파트 10층에서 아주머니 한 분이 자신의 집 테라스에서 투신을 했다. 추락하면서 부딪혀 부러진 나뭇가지들이 어지럽게 널려 있었고, 시신은 화단에 쓰러진 채였다. 머릿속 시계가 1년 전 팔당으로 빠르게 돌아가고 있었다. 카메라도 쥐고 있지 않은 오른손이 또다시 굳었다. 잊고 지낸 줄 알았던 사건들이 기억 속에서 하나로 연결되자 속이 울렁거렸다. 떨리는 손으로 휴대전화를 이용해 주변 상황을 찍고 최초 발견자와 평소 가깝게 지냈다던 지인들을 인터뷰했다. 통장으로 활약할 만큼 평소 동네에서도 활달한 성격이었지만, 근래에 들어 어떤 연유인지 급작스럽게 우울증을 호소하기 시작했다. 그러고는 끝내 우울증을 이겨 내지 못하고 자신이 살던 아파트에서 투신하여 목숨을 끊고 말았다. 보도국 당직자에게 취재된 내용을 보고하고 신혼집으로 올라왔다. 일반 투신 사고의 취재는 나름 경험이 많았다. 그중엔 아주 끔찍한 사고도 더러는 있었다. 하지만 내가 사는 아파트에서 사건이 일어나고, 그것도 사고 직후에 모든 장면을 목격·취재한 터라 충격은 더 컸다. 그 후로 2년간을 살면서 사고가 났던 화단을 지날 때마다 팔당댐 익사 사고와 투신 사고가 겹쳐져 투영됐다. '취재를 포기하고 지나칠걸…… 못 본 척하고 가던 길을 갈걸…….' 끔찍했던 당시 기억이 떠오를 때면 몇 번이고 가슴을 때리며 후회도 했다. 기억에서 벗어나기 위해 화단을 빙 돌아서 귀가했던 시간들도 있었다. 그럼에도 꽤 오랫동안 머릿속에서 나를 괴롭혔다.

아파트 투신 추락 사고를 취재하는 필자

'트라우마'는 의학적 용어로 큰 범주의 '외상'을 의미한다. 이를 따서 심리학에서는 트라우마를 '정신적 외상', 즉 영구적인 정신장애를 남기는 충격으로 규정짓는다. 강렬한 경험에 따른 정신적 충격으로 인해 기억에서 지울 수 없는 내상을 입는 것이다. 참혹한 사건 현장의 가장 최전선에서 취재에 임하는 영상 기자들은 늘 이 '트라우마' 가운데 살아간다. 비슷한 취재 환경에 놓이거나 훗날 사건 현장을 다시 지날 때, 머릿속에서 지워지지 않는 이런저런 기억의 퍼즐들로 힘겨워한다. 고통에 몸부림치며 사그라져 갔을 생명들. 그들을 제때 도와주지 못한 도의적 책임과 원망. 눈을 감기엔 아직 꿈과 미래가 너무나 많은 가녀리고 여린 생명을 보내는 슬픔. 그리고 남겨진 가족들의 찢어지는 고통. 그마저도 곁에서 함께 눈물 흘리며 카메라를 들이대 취재해야 했던 순간들…… 시간이 지나면 조금씩 사라질 줄 알았던 그 기억의 조각들은 가슴 깊숙이 박혀서 때가 되면 또다시 아물지 않는 염증이 되어 욱신거린다. 잊혀지지 않는 고통의 기억을 안고 취재하는 영상 기자들 중엔 정기적으로 정신과 치료를 받는 기자들도 다수 있다. 때로는 마주치고 싶지 않은 순간들, 두 눈을 질끈 감고 싶은 현장들을 영상 기자는 온몸으로 뷰파인더에 담는다. 함께 슬퍼하며, 몸부림치며 가슴 깊숙한 곳에 눌러 담는다.

기자는 힘과 용기가 있어야 하며 현장에 대한 목격자로서 기민해야 한다고 배웠다. 하나하나 용맹하게 현장을 거치며 생긴 마음의 상처들은 사회를 향한 씨앗이라고 생각한다. 그리고 그 씨앗이, 지금은 싹을 틔우기 위한 거친 몸부림으로 힘겹지만 분명 밝은 미래로 아름답게 꽃피워 보답해 줄 것이라 굳게 믿고 있다.

조각조각 쓰라린 가슴 한편으로 우리는 또 다른 트라우마를 심는다.

● REC

인간적인 감정과 기자 사이

인간의 감정을 희로애락(喜怒哀樂), 이 4가지로만 분류를 한다면 뉴스는 주로 노(怒)와 애(哀)의 감정을 전달하는 뉴스들이 많다. 기쁨과 즐거움은 보통 예능과 드라마를 통해서 시청자들에게 전달된다. 미담 기사와 같은 따뜻한 뉴스는 기사 대상으로 선택이 잘 되지 않고 사회 부조리나 범죄, 사건 사고, 답답한 정치권 뉴스들이 기사의 주를 이룬다. 사실 대중들은 뉴스 콘텐츠를 소비할 때 즐거움을 바라지 않을뿐더러 관심 가는 뉴스가 아니면 흘려보내면 그만이다. 하지만 언론계에 종사하는 인원들은 본인들의 업무이므로 눈살을 찌푸릴 만한 사건이더라도 그냥 흘려보낼 수가 없다.

사건·사고가 발생했을 때 그곳을 처음으로 마주하는 사람들은 경찰관이나 소방관이다. 소방관들은 화재나 건물 붕괴 등의 사고 현장에, 경찰관들은 절도·살인 사건 등 범죄 현장에 나타난다. 그 이후 상황의 경중에 따라서 해당 사건 사고의 현장을 기자가 찾아 취재한다. 우리 주변 세상이 평화로운 것 같아 보일 수도 있지만 이런 사건·사고들은 거의 매일 일어나고, 고로 그 현장의 중심에서 기자들은 매일 기사를 만들어 낸다.

어떤 업종이든 연차가 쌓일수록 본인 일에 대해 능숙해지기 마련이다. 하지만 그만큼 직업병이 생기게 되기도 한다. 기자 또한 마찬가지이다. 상황에 휩쓸려 순간순간을 놓치는 경우가 생길 수 있으므로 긴박한 상황 속에서도 침착함을 유지하기 위해 노력하고 그러다 보니 어떤 상황을 마주하든지 기자들은 태연하게 그 상황을 파악하는 습관이 생긴다. 교통사고가 났더라도 인명 피해가 어떻게 되는지를 확인하고 난 뒤 기사 가치 여부를 판단하고 살인 사건이 났던 현장도 대수롭지 않게 카메라에 영상으로 담아낸다. 극악무도한 범죄를 저지른 피의자를 만나도 태연히 질문하고 가까이 다가가 그 사람의 소리를 담는다. 매일매일 접하는 사건·사고 현장이 주는 긴장감은 시간이 지나면 지날수록 무뎌진다. 이러다 보니 기자들은 본연의 인간적인 감정까지 상실하게 되는 때도 있다. 나 또한 마찬가지였다.

2016년 5월 17일 강남역 살인 사건, 데스크(일정을 조율하는 선임)가 나에게 "강남역에 살인 사건 났다. 가 봐."라고 이야기를 했다. 일상적인 지시에 대수롭지 않게 나는 강남역으로 향했다. 먼저 도착해 있던 취재 기자 후배가 알려 준 위치에 있는 노래방 화장실로 갔다. 남녀공용 화장실로 이미 내부는 깨끗하게 청소가 되어 있었다. 후배는 청소하신 아주머니의 이야기를 나에게 전했다.

"처음에는 들어가고 싶지 않았어, 무서워서. 근데 다른 곳에 일하러

강남역 살인 사건 피해 여성을 추모하는 시민들

갈 데가 없어. 여기서 계속 일해야 해서 어쩔 수 없이 들어가서 핏자국을 다 닦았어."라고. 아마도 화장실은 처참했을 것이다. 하지만 나는 태연히 화장실로 들어가 사건의 현장을 세심히 살피며 남녀공용 화장실이라는 것과 당시 상황의 흔적들을 찾아 영상에 담았다. 현장 취재를 마친 후 취재 기자 후배와 대수롭지 않은 듯, 범인의 체포 여부와 행적, 그리고 건물 CCTV에 관한 이야기를 나눴다. 어떤 감정의 변화도 없었고 취재를 제외한 다른 생각은 들지 않았다. 그게 나에겐 일상이었다. 하지만 해당 사건은 그걸로 끝이 아니었다.

기사화가 된 이후 강남역, 사람들이 항시 많이 다니는 강남역 지하철 입구 옆에는 꿈을 피우지 못한 어린 여성의 죽음에 대해 안타까움과 슬픔에 대한 추모가 이어졌다. 사건이 나고 일주일 후에 추모 행렬을 취재하기 위해 다시 강남역에 가게 되었다. 추모하는 인파들이 몰려 있는

지하철 입구를 한동안 멍하니 바라보았다. 나에겐 그냥 일이었는데, 그곳에 모인 사람들에겐 그 사건은 아픔이었다.

거기에 있는 여성들은 본인도 여성이라는 이유로 언제든지 범죄의 대상이 될 수도 있다는 생각과 함께 피해 여성을 생각하며 아픔의 눈물을 흘리고 있었다. 그 모습을 보며 사건을 취재했던 당시 나에게 그 사건이 그냥 일이었다는 그 사실, 그게 참 무서워졌다. 수년간 언론사에서 일하면서 인간적인 마음을 잃고 있는 것은 아닌지 두려웠다. 그제야 어린 나이에 생판 모르는 남성에게 해를 당한 여성이 눈에 들어왔다.

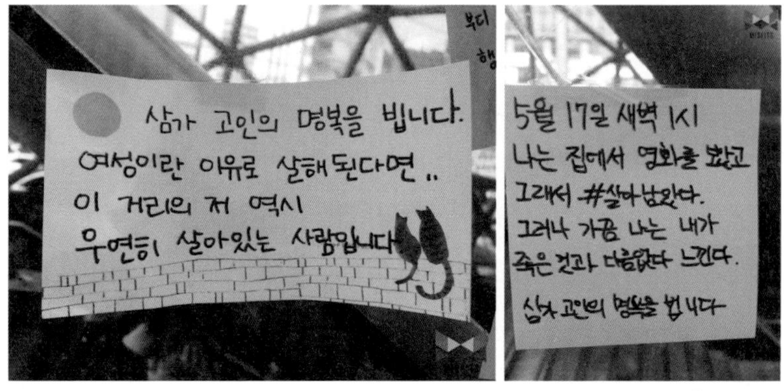

피해 여성을 추모하는 내용이 적힌 메모지

기자에게 흐르는 기본 감정은 사회에 대한 분노이다. 분노가 드러나지 않을 뿐이지, 사회에 잘못됨을 찾아 비판하고 해당 상황이 개선되기를 원한다. 분노가 기사에 대한 열정의 원천이다. 하지만 그 분노에는 사회에 대한 따뜻한 마음이 기저에 깔려 있다. 사회가 올바른 방향으로 흘러가고 좋은 사회가 되었으면 하는 따뜻한 마음이 있다. 하지만 그 따뜻한 마음이 간혹 가려지고 감정을 잃어버리는 경우가 있다. 사회가 올바른 방향으로 갔으면 좋겠다는 마음보다 해당 기사가 더 영향력 있고, 사회에 미칠 파장이 강했으면 하는 욕심이 생긴다. 그러다 보면 그 사안과 관련된 대상들에게 미치는 영향이나 위험을 간과하는 경우가 생긴다. 과거 해외에서 지하철 선로에 떨어진 사람을 보고 먼저 구하려 하지 않고 그 순간에 사진을 찍은 기자가 대중의 비난을 받았듯이 본인이 만들어 낸 기사, 보도 사진, 보도 영상이 더 극적이어야 한다는 욕심이 전후를 바꿔 놓는 것이다. 그리고 일상적으로 해 오던 일이기에 습관처럼 하는 행동들로 상황을 대처하려다 보니 감정의 무미건조함이 동반되기도 하는 것이다.

언론사에 입사하고 얼마 안 돼서 선배와 함께 독거노인 취재를 간 적이 있었다. 좁은 골목길을 따라 들어가 마주한 어르신은 머리가 희끗희끗하고 몸은 야위셨지만, 간간이 웃으시는 표정에는 밝음이 느껴지시는 분이었다. "여기서 어떻게 생활하세요?", "가족은 어떻게 되세요?" 등 우리는 질문을 쏟아 냈고, "어머니, 여기서 저녁 드시는 모습, TV 보는 모습도 촬영할게요."라고 이야기를 했다. 여러 요청에도 어르신은 밝은 표정으로 다 받아 주셨다. 그렇게 취재를 마치고 인사를 하고 나온 뒤, 나는 한동안 멍하니 집 밖 골목에서 서 있었다. 그러고는 슈퍼를 찾아가 박카스 한 상자를 사서 다시 어르신을 만나러 갔다.

"어머니, 저희가 뭔가 받아만 가는 것 같아서 이거 드리려고요. 받으세요."

"아이고, 이게 뭐예요."

어르신 손에 박카스를 한 상자를 들려 주고는 다시 선배가 있는 곳으로 돌아갔다. “어디 갔다 왔어?”라는 선배의 물음에 “어머니에게 박카스 한 상자 드리고 왔어요.”라고 대답했다. 그러자 선배는 고개를 끄덕이며 미소를 지었다.

기자는 사명감을 가지고 일을 한다. 우리 사회가 올바른 사회로 나아가기를 바라는 마음으로. 기자는 인간을 향한 따뜻한 마음과 약자에 대한 연민을 가진다. 이 사회의 약자들이 좀 더 좋은 환경에서 살아갔으면 하는 마음으로. 하지만 간혹 이런 마음들을 잊고 지낸다. 잊고 지냈던 그 마음을 슬픔으로 피해 여성을 추모하는 사람들이 다시금 내게 일깨워 주었다.

항상 잊지 말자.

● REC

세상을 투영하는 창
- 미디어의 역할

"카메라 안 치워? 저리 꺼지라고! 너희들이 인간이야?"

쩌렁쩌렁한 고함이 체육관을 가로질렀다. 잔뜩 움츠린 기자들은 카메라를 메고 2층으로 쫓겨 올라갔다. 세월호 실종자 가족들이 임시 대기 장소로 사용하던 진도체육관. 물 한 모금도 못 넘기는 가족들 사이를 흙이 묻은 신발로 구석구석 누비던 기자들에게 보다 못해 터트린 가족들의 원망 섞인 절규였다. 모두 구조될 것으로 믿고 내려온 가족들은 여벌의 옷도, 음식도, 버텨 낼 마음도 준비하지 못한 채 그곳에 앉아 있었고, 기자들은 한곳에 모여 있는 실종자 가족들을 향해 취재 경쟁에 불을 당겼다. 참으로 잔인했다. 수백 명의 생명을 안고 속수무책으로 눈앞에서 가라앉아 버린 배를 보며 가슴을 치는 가족들에게 시커먼 렌즈를 들이대고 안부와 심경을 물어 댔다. 그것이 옳은지 그른지에 관한 판단은 누구도 고민하려고 하지 않았다. 얼마나 많은 사람들에게 보다 눈물 젖은 인터뷰를 담을 수 있을까. 그것만이 그 잔인한 경쟁의 유일한 목표이었다. 체육관 안에서의 취재가 어려워지자 가족들이 담배를 피우거나 화장실을 가는 틈을 기다렸다가 인터뷰하는 무리까지 생겨났다. 혼란스러웠다. 하지만 그 경쟁 속에서 자신을 반성하고 돌아보는 틈을 보이는 순간, 레이스에서 저만큼 뒤처진다는 생각에 고삐를 늦출 수 없었다. 시간이 흐를수록 기자로서의 판단력은 흐려졌고, 보도윤리에 대한 의식은 희미해졌다. 눈물을 흘리는 곳이 있으면 달려갔고, 참혹한 순간을 애써 찾아다녔다. 그렇게 나는 인정과 성과를 위해 소중한 시간들을 허비했고, 그 결과 '기레기'라는 수식어를 내 카메라 앞에 달게 되었다.

"선생님들도 분명 자신의 결정에 대한 후회를 했을 것입니다. 그들의 후회를 우리는 헛되게 해서는 안 됩니다."

일본 동북부 미야기현에는 자연친화적인 열린교육 시스템으로 주변으로부터 찬사를 받던 작은 초등학교가 하나 있었다. 이곳도 여느 시골 학교들과 마찬가지로 젊은 인구의 도시 집중 현상으로 인해, 많은 아이들이 전학을 가 버렸다. 결국 100명 남짓의 학생들이 남아 학교를 지키고 있었다.

3월의 평범한 어느 봄날, 동북 지역 해안의 큰 지진으로 인해 10m가 넘는 높이의 쓰나미가 학교를 덮쳤고, 74명의 어린 학생과 10명의 교직원이 참변을 당했다. 당시 증언에 의하면 교사들은 아이들을 전원 운동장으로 대피하도록 했고, 그곳에서 51분을 꼼짝하지 않고 대기하다 쓰나미에 의해 목숨을 잃었다. 학교는 수마가 할퀸 흔적으로 뼈대만 남았고, 커다란 콘크리트 구조물들이 여기저기 엿가락처럼 휘어 넘어져 있었다. 폭격을 당한 전쟁터를 방불케 하는 모습이었다.

오카와 초등학교의 무너진 건물

30도를 훌쩍 넘는 혹서의 날씨에 검게 그을린 얼굴로 현장을 지키며 우리에게 자신의 소개를 하는 한 남성. 얼마 전까지 그 지역에서 교사로 일하던 사토 토시로 씨이다. 그의 딸 역시 운동장에서 대기하라던 교사들의 명령에 따라 높은 곳으로 대피하지 않고 운동장에서 대기하다가 희생됐다. 그는 당시의 상황을 담담하게 풀어 나갔다. 지진 발생 직후부터 쓰나미가 밀려오던 당시 상황까지 자세하게 설명해 주었다. 아이들을 살릴 수 있었던 몇 번의 기회와 충분한 시간이 있었음에도 제대로 대피가 이뤄지지 못해 아이들이 희생당했다고 말했다. 평소에도 야외 수업으로 사용되곤 했던 학교 뒷산으로 피난할 시간도, 혹은 또 다른 높은 곳으로 도망칠 시간도 충분했고 했다. 하지만 교사들은 이를 인지하지 못했고 아이들은 잘못된 매뉴얼대로 학교 운동장에 남아 있었다. 애초 '쓰나미 범람 예상 지역'에 포함되지 않았던 오카와 초등학교는 쓰나미에 관한 대피 매뉴얼이 없었다. 따라서 일반적인 지진 대피 매뉴얼인 '개활지로의 피난'이 유일한 재난 시 대피 행동 요령이었다. 하지만 평소 예측보다 훨씬 큰 쓰나미는 강을 따라 역류했고, 파도가 쓸어 온 소나무 등의 잔해물들이 강을 가로지르는 다리에 적체됐다. 큰 둑이 되어 버린 다리를 넘지 못한 파도는 그대로 옆 마을로 넘쳐흘렀다. 아이들과 교사들은 갑자기 눈앞에 나타난 10미터가 넘는 쓰나미를 피해 운동장의 펜스를 넘어 도망쳤지만 얼마 가지 못하고 막다른 길에 막혀 그곳에서 희생당했다.

사토 씨는 교직원의 실수로 많은 생명을 잃었다고는 생각하지만 그들을 무작정 원망만 하지는 않는다고 말했다. 교사들도 그 누구보다도 아이들을 구하고 싶었을 것이며, 자신들도 분명 그 재난을 피해 살고 싶었을 것이라 말했다.

"운동장에서 마주한 엄청난 쓰나미 앞에서 선생님들은 아이들을 끌어안았을 것입니다. 아이들은 차갑고 거대한 물 앞에서 자신들의 허비한 시간이 실수였다는 것도 깨달았을 것입니다. 아이들은 무서웠을 테고 아프고 힘들었을 것입니다. 선생님들은 분명 자신의 결정에 대한 후회를 했을 것입니다. 남아 있는 우리는 그들의 후회를 헛되게 해서는 안 됩니다."

사토 씨는 무심코 흘러내리는 눈물과 함께 떨리는 입술로 그날의 일들을 회고했다.

당시의 상황을 설명하고 있는 사토 토시로 씨

"보도는 창이라고 생각합니다. 그를 통해 보이는 것이 사실이지만 전부는 아니죠. 그 창밖의 풍경을 우리가 모두 볼 수 있게 해 주는 것이 언론의 역할이라고 생각합니다."

4년 전 세월호 침몰 사건과 너무나도 닮았다. 미디어는 그를 비롯한 희생자 가족들에게 어떤 역할을 했는지 물었다. 사토 씨는 충격적인 답변을 내놓았다. 정보가 턱없이 부족했던 재해 초기 단계에는 현지의 몇몇 미디어도 생존자들을 찾아다니며 인터뷰하기 바빴다고 한다. 어린 생존자들을 대상으로 물고 늘어지는 인터뷰와 취재는 지역사회의 맹비난을 받기 시작했고 아이들이 사고의 트라우마에서 벗어나는 데 전혀 도움이 되지 못했다. 도를 넘은 취재에 희생자 가족들도 인터뷰를 거절하기 시작했고 미디어는 고립됐다. 언론의 신뢰도는 땅에 떨어졌고 그들에게 어떠한 취재도 허락되지 않았다. 지역 언론들은 큰 충격에 빠졌다. 그들은 각자의 인정과 성과라는 부담을 내려놓으며 유가족과 생존자들을 향하던 카메라도 함께 내려놓았다. 피해 주민들과 섞여 마을 재건을 위한 토론을 하고, 희생자 가족들을 위로하며 그들 속으로 녹아들려 노력했다. 철저하게 그들과 하나가 되고 그들의 입장에서 함께 고민했다. 기자와 주민이 수시로 모여서 현안을 논의했으며 해결책도 함께 찾았다. 그제야 희생자 가족들도 언론을 믿고 정보를 공유하기 시작했으며 기자들은 신중하게 보도했다.

사토 씨가 말하는 현지 언론의 행동은 나로서는 믿기 어려웠다. 영상 기자는 현장에 갈 때 카메라를 두고 나서는 일은 절대 없다. 심지어 그 어떤 돌발 상황에 대응하기 위해 밥을 먹을 때도 카메라를 안고 먹는다. 일단 카메라를 들고 가서 켜지 않는 일이 생기더라도 반드시 몸 옆에 둔다. 하지만 사토 씨가 말해 준 그 지역 언론들의 행동은 '취재'가 아닌 희생자 가족들과 '하나가 되는 과정'이었다. 소위 '얘기가 되는 거리'를 찾기 위해 흙발로 실종자 가족들의 텐트를 짓밟던 나와는 비교조차 어려웠다. 나는 대피소에서 그들의 이불자락을 밟은 것이 아니라 마음을 밟고 헤친 것이란 생각이 들었다. 그들에게 전혀 도움이 되지 못했다. 단순한 '불구경'에 지나지 않았다. 부끄러웠다. 사실 조금만 생각해 보면 어려운 일이 아닐 수 있다. 보도윤리와 목적이 확고하다면 그들 앞에서 카메라를 내려놓는 일은 어렵지 않을 것이다. 나에게 그들의 눈물은 '취재거리'였고 아픔은 '야마'였다. 잠도 안 자고 자신 있게 실종자 가족 텐트 옆에 붙어서 취재했던 것들이 그들에겐 얼마나 큰 부담이며 괴로움이었을까. 취재의 접근부터 방법, 결과물까지 어느 하나 부끄럽지 않은 것이 없었다.

추모객들이 아이들을 위해 학교 정문에 만든 재단과 꽃들

그는 마지막으로 우리에게 이런 말을 해 주었다.

"미디어에 의한 보도는 창(窓)이라고 생각합니다. 그 창을 통해 보이는 것이 사실이긴 하지만 전부는 아니죠. 그 창밖의 풍경을 우리가 모두 볼 수 있게 해 주는 것이 언론의 참 역할이라고 생각합니다."

사토 씨와 뜨거운 인사를 하고 버스에 올랐다. 쓰나미가 역류했던 강을 따라 한참을 달렸다. 마을을 삼켰던 강물이 강렬한 태양 아래 반짝이고 있었다. 눈물이 왈칵 쏟아졌다. 사토 씨는 딸아이를 잃은 슬픔과 진실을 언론과 나누고, 미디어에게 도움을 구하면서 유기적이고 인간적인 관계를 맺고 있었다. 내가 4년 전 진도체육관에서 듣던 그 꾸짖음과는 대조적인 모습이다. 언론의 존재 이유와 추구하는 가치란 무엇인지 다시 처음으로 되짚어 올라간다. 둘도 없는 소중한 가족을 잃은 그들에게 과연 나는 올바르게 접근했으며 또 카메라에 담았는지 떠올려본다. 언론을 향한 수많은 비난들 속에서도 상황의 특수성에 대한 핑계와 변명으로 반성을 미뤘다. 세월호 취재에서 얻은 '기레기'라는 수식어 때문인지 재난·재해 취재의 우선순위에 대한 정리되지 않은 생각들로 항상 주눅이 들어 있었다. 어떻게 하면 우리는 기레기에서 진정한 기자로 다시 설 수 있을지에 대한 문제의식과 성찰은 지금도 각지에서 이어지고 있다. 2시간 반을 날아 바다를 건너 찾아간 쓰나미 피해 현장에서, 나는 그 해답의 큰 조각을 찾아낸 듯하다.

REC

치유의 밀물, 우리의 역할이다
- 2014년의 슬픈 어느 날에

팽목항 ⓒ 매일경제 김호영 기자

세월호 참사 후, 우리는 많은 것을 잃었다. 300여 명에 이르는 소중한 생명을 잃었다. 허술한 안전 시스템에 국가는 국민의 신뢰를 잃었다. 국회는 지지부진한 세월호 법안 처리 과정에 국민은 할 말을 잃었다.

그리고 우리는 지켜 마땅한 '언론의 품격'을 잃었다. 특히, 내가 속해 있는 종편은 여론의 뭇매를 맞았다. 선정적인 보도, 본질을 흐리는 보도에 네티즌은 기레기(기자 쓰레기)라는 별명을 붙여 주며 놀리기 일쑤다. 어쩌다 이 지경까지 왔을까.

가슴 아픈 현장을 냉철하고 객관적으로 프레임에 담겠다던 우리의 맹세는 온데간데없다. 대답 없는 아카이브 속 디지털 영상 정보처럼 곤히 잠들어 버린 것은 아닌지 반성이 밀려온다.

남은 건, 국민의 호된 꾸지람이다.

참사 초기 보도부터 실수투성이였다. '전원 구조 속보', '검증 안 된 민간 잠수사 인터뷰', '앵커의 막말' 등 구설수를 만들었다. 우리 스스로 국민에 꾸지람을 맞는 형국이었다. 살벌한 취재 경쟁은 현장을 아수라장으로 만들었다. 최소한의 보도준칙마저 무용지물이 됐다.

실종자 구조 작업이 길어지면서 세월호 참사의 본질에 집중하는 언론은 점점 줄어만 갔다. 청해진해운의 최고 경영자라는 이유만으로 유병언 검거 취재에 혈안이 됐고, 그의 행방에 따른 많은 '설'들이 기사에 묻어 나왔다.

유병언의 시신이 발견되고 그의 아들 유대균이 검거됐을 당시, 막장은 정점으로 치달았다. '유대균이 칩거 중에 치킨을 배달해 먹었다', '유대균과 박수경은 무슨 관계인가' 하는 식의 보도는 실소를 금치 못하게 만들었다. 이런 식의 보도는 세월호 참사 원인과 큰 관계가 없다는 건 자명한 사실이다. 언론이 진실을 규명하지 못할망정, 선정적 보도로 여론을 호도했다. 사안의 본질을 덮는 것에도 일조했다. 비판받아 마땅했다.

남은 건, 국민의 싸늘한 시선이다.

만신창이가 된 보도 행태에 국민의 시선은 냉엄했다. 침몰은 세월호만으로 끝내야 한다. 우리의 본래 의무마저 침몰해서는 안 된다. 세월호 참사 후 영상 기자가 알 권리 전달에 큰 역할을 한 건 사실이다. 하지만 좀 더 정제된 영상을 전달했어야 한다. 오열하는 모습의 클로즈업이나 근접 취재는 사고가 날 때마다 나오는 말이다. 하나, 과열된 취재 열기에선 매번 지켜지지 않았다. 각 언론의 대표자가 모여 강제적 합의를 통해서라도 근절해야 우리의 미래가 있다. 또한, 우리는 지금부터라도 세월호 참사의 원인에 대한 의문을 풀어 나가는 데 집중해야 한다.

청해진해운의 비리와 과실은 그 원인의 일부일 뿐이다. 유병언 일가가 위법행위에 책임지고 처벌받는 일은 필요하다. 하지만 그들이 체포된다고 원인의 본질이 밝혀지진 않는다. 청해진해운의 비리는 이 사안의 절대 요소가 아니다. '왜 침몰했는지'에 대한 의혹을 파헤치는 것이 무엇보다 중요하다. 그것이야말로 국민이 원하는 알 권리이자, 유족의 눈물을 닦아 줄 수 있는 최소한의 도리다.

지난 6월, 다시 진도 팽목항을 향했다. 참사 초기 때와는 분위기가 사뭇 달랐다. 항 주위를 가득 메웠던 천막들이 많이 사라졌다. 추모객들의 발길도 줄었다. 바다를 향해 곱게 차려진 음식상만이 외로이 희생자의 넋을 달래고 있었다. 활기차고 행복한 기운은 진도 앞바다의 썰물에 모두 떠내려간 듯하다. 비단 팽목항뿐만은 아닐 것이다. 국민의 마음도 진도의 차가운 썰물만큼이나 냉랭하다. 차디찬 국민의 마음을 조금이나마 따스하게 바꿀 수 있는 우리의 할 일을 찾아야 한다.

세월호 참사의 원인을 찾도록 사회에 힘을 불어넣는 일이 첫걸음이다. 끊임없이 관심을 갖고 보도하는 것도 필요하다. 잊혀진다는 것만큼 유가족을 힘들게 하는 것이 없다.

행복을 모두 빼어간 팽목항. 이곳에 치유의 밀물이 하루빨리 오도록 바람을 불어넣자. 그 바람은 정론에 입각한 보도와 사람을 생각하는 취재윤리다. 이제 우리가 제 역할을 할 때이다.

팽목항을 바라본 모습 ⓒ 매일경제 김호영 기자

결문 結文

최근 몇 년 동안 저희는 이 책 한 권을 위해 쉬어야 할 시간에도 다녀온 현장을 곱씹으며 글을 썼고, 취재 현장에 모든 에너지를 다 쏟아부었더라도 남은 힘을 짜내 이 책에 공을 들였습니다.

새삼 말할 것이 없지만, 저희는 영상을 다루는 일을 하는 영상 기자입니다. 저희는 텍스트를 다루는 일을 하는 사람들이 아닙니다. 하지만 저희가 다녀온 현장을 다시금 복기하며 글을 쓰는 작업은 저희의 세포 하나하나를 일깨우는 일들이었습니다.

촛불집회, 세월호 사고, 북미정상회담 등 저희가 겪은 크고 작은 현장 속에서 이 책은 그 현장의 조그마한 것까지 가슴속에 새기는 기록문이었고 정도(正道)를 걷지 않고 쉬운 길로 가고 싶다는 안일한 생각을 하려는 자신들에게 보내는 반성문이었습니다.

대중들이 기자들에게 내뱉던 쓴소리에 저희의 진정성을 보여 주겠다는 의지로 시작된 글쓰기 작업이 오히려 저희를 더 일깨워 주는 작업이 되었고 앞으로 이어질 기자 생활의 큰 변곡점이 되었습니다.

이 책을 통해 많은 분이 방송 뉴스와 좀 더 친밀해지고 뉴스를 이해하기가 좀 더 쉬워지셨으면 합니다. 그리고 현장에서 치열하게 언론의 본분과 역할을 위해 고민하는 기자들이 있다는 그 믿음을 이 책을 통해 드릴 수 있다면 저자로서 더 바랄 것이 없습니다.

영상 기자 배완호

김 원

한영광

전범수

배완호 영상 기자

- 연평도 포격 사건을 기억하며
- 우리 앞의 생이 끝나갈 때
- 궁극의 요리백서를 찾아서(feat. 촛불집회)
- 선(線)을 따라 흘러간 추억 여행
- '가짜 단독'을 없애기 위한 우리의 '진짜 노력'
- 치유의 밀물, 우리의 역할이다
- 광장에 기자가 없다

김원 영상 기자

- 아이들 꿈을 잡아간 무허가 해병대 캠프
- 메르스…… 그 잔인했던 여름
- 사이판 태풍 고립, 절체절명의 군 수송기 작전
- DMNG, 1인 이동형 중계 시스템은 약인가, 독인가
- 기억의 상처를 안고
- 세상을 투영하는 창

한영광 영상 기자

- 노란 봄날의 회상
- 뜨거운 태양 아래 평화를 취재하다
- 평화의 악수…… 그 힘든 숙제
- 2군, 이상화 그리고 정선아리랑
- 들리지 않는 목소리
- 보도의 품격

전범수 영상 기자

- 그 아줌마 목소리
- 2017년 3월 10일 그날, 헌재 앞 사거리
- 멈췄던 3년 그리고 나
- 하노이 회담, 그 기억의 단편
- 하늘을 선물한 드론
- 왜 영상 기자가 존재하는가
- 인간적인 감정과 기자 사이

보도영상실록

초판 1쇄 발행 2019년 12월 24일

지은이 배완호, 김원, 한영광, 전범수
펴낸이 이기봉
편집 좋은땅 편집팀
펴낸곳 도서출판 좋은땅
주소 서울 마포구 성지길 25 보광빌딩 2층
전화 02)374-8616~7
팩스 02)374-8614
이메일 gworldbook@naver.com
홈페이지 www.g-world.co.kr

ISBN 979-11-6435-993-6 (03810)

이 도서의 국립중앙도서관 출판예정도서목록(CIP)은 서지정보유통지원시스템 홈페이지(http://seoji.nl.go.kr)와 국가자료공동목록시스템(http://www.nl.go.kr/kolisnet)에서 이용하실 수 있습니다. (CIP제어번호: CIP2019051463)